# 旧物是好物②

## 年少的欢喜

红肚兜儿 著

北京时代华文书局

**图书在版编目（CIP）数据**

旧物是好物．2 / 红肚兜儿著．-- 北京 ： 北京时代华文书局，2017.9
ISBN 978-7-5699-1806-9

Ⅰ．①旧… Ⅱ．①红… Ⅲ．①随笔－作品集－中国－当代 Ⅳ．① I267.1

中国版本图书馆 CIP 数据核字（2017）第 211001 号

# 旧物是好物 2

Jiuwu Shi Haowu 2

著　　者｜红肚兜儿

出 版 人｜王训海
选题策划｜曾　丽
责任编辑｜曾　丽　石乃月
装帧设计｜孙丽莉　王艾迪
图片摄影｜邵　欣
责任印制｜刘　银　范玉洁

出版发行｜北京时代华文书局 http://www.bjsdsj.com.cn
北京市东城区安定门外大街 136 号皇城国际大厦 A 座 8 楼
邮编：100011　电话：010-64267955　64267677
印　　刷｜北京顺诚彩色印刷有限公司　010-69499689
（如发现印装质量问题，请与印刷厂联系调换）
开　　本｜787mm×1092mm　1/16　　印　　张｜12.5　　字　　数｜128 千字
版　　次｜2018 年 2 月第 1 版　　印　　次｜2018 年 2 月第 1 次印刷
书　　号｜ISBN 978-7-5699-1806-9
定　　价｜45.00 元

# 朋　友　的　推　荐

每个人心里都藏着一点旧，散发着记忆的光亮、天真孩童的奇思妙想、青春少年的刹那喜欢、老房子的油烟味儿、四季的风吹过脸庞。旧事如酒，要沉淀多少年，才能一饮而尽，湿了眼，轻叹那一场岁月？故事旧了，人也旧了，越走越远，却又遇见，一页页翻下去，仍如新欢。旧物是好物，因为旧时光里留着你最初的真心。

——费勇　学者，作家，《行走》主编

翻读这些美好的小文，出神了好久。书里的那些旧物，我们当时都是慌慌张张使用的，慌慌张张喝汽水，慌慌张张用橡皮擦掉错字，慌慌张张找同学借个转笔刀。但今天重新看见，觉得那么慢，那么悠闲，那么美好……直到忽然蹦出来标题“成人玩具”，才反应过来：哦对，作者是红肚兜儿啊！

——六神磊磊　自媒体人，公号“六神磊磊读金庸”创始人

是否每个女人都会记得自己从小女孩变成大女孩的过程？通过镜子、香脂、不知从哪儿飘来的口琴声、男生着海魂衫的背影……所以，我看到这些出现在红肚兜儿的笔下，有种想上前说“我也是我也是”的激动，定睛看来，她那过程的隐秘细微处却与我不同。这些文字像一面镜子，在相同与不同的恍惚间，忽然就照出了时间的深邃，令人心动。

——闫红　作家，媒体人

红肚兜儿师傅的新书写的是90年代相爱的灵魂，看起来有罗大佑《童年》和《请回答1988》的感觉，生动而有趣，合上书想起旧事故人，让人有流泪的冲动——年轻真好。

——熊太行　自媒体人，得到App订阅专栏《关系攻略》主理人

与其问“时间去哪儿了”，不如问“记忆去哪儿了”。谁都无法阻止时间的流逝，但大多数人都可以封存记忆，然后在某个愿意开启的时刻，或是不经意的时刻，将之打开。这些记忆里，有故人，有旧物，有难以名状的欢喜。看着红肚兜儿的文字，不禁沉湎于回忆中，仿佛看着自己慢慢长大。不要为书的戛然而止而感到意犹未尽，毕竟作者是不老的。这种时刻，我们要用一种谄媚的态度对作者说：“哎呀，回忆到这里就结束啦？哦，对了，忘记你年年18岁啦！”

——叶克飞　作家，旅行者

隔着时间的距离，回望过去，一部黑白默片正在无声地回放。目光越过故事情节，停落在那些曾经不被在意，却刻满时代细节的旧物上，这种回望庄严了时光。对旧物的细述是对身体感受的回溯，挽救理性过于发达的生命，让人类从新回到记忆的本质，感受那些被时光辜负了的真实。

——姚远东方　林风眠美术馆执行馆长，艺术策展人

# 序　旧日所爱，今日回头，仍像一场新欢

有一年，夏天格外热。

我上小学四年级，头发短得像假小子，穿一双桃红色塑料凉鞋，站在街口一棵老槐树巨大的阴影里。

那里有一个小窗口，木头窗框漆皮剥落，纱窗蒙着一层尘，知了在树叶缝隙里随着细碎的阳光一起欢叫。我伸手递两毛钱进去，拿到一颗芝麻味儿的冰棍。

很多年以后，回忆起夏天，我总想起这一幕。

我站在槐树下，小心翼翼吃那根冰棍，想让那股甜香留得更持久些。

有男生骑着自行车在热浪里奔过，有女生穿着百褶裙小踏步地走，大人们忙碌着仿佛灰色背景。暑假将要结束，槐树的豆荚已经成熟。

时间仿佛凝固一般。

越久远的回忆，从脑海中翻腾而起的瞬间，就越科幻，如同时空穿梭，隧道两旁的人、事、物飞速倒退，情绪像子弹，“砰”一声，射到了那个夏天。

那时，天空湛蓝如梦，地摊上的明星贴纸厚厚一沓，小卖铺里的水果糖五颜六色，黑板上的粉笔字写了又擦。

每个傍晚，炊烟从家家户户房顶上飘起来；每个清晨，牵牛花披着一层露珠打开小喇叭；一年四季，厨房里的砧板“当当”响，切菜剁肉擀面条。孩子急着长大，却好像总也长不大。

有时也会疑惑，那么多日子，究竟是怎样一分一秒过来的？霎时的刻骨铭心，以为永远不会忘记，后来却成了最模糊的回忆。

有人说，怀旧是因为老了。

老，哪有那么容易。世界飞速运转，人人加足马力，有老奶奶七十岁美衣红唇成了INS红人，有老爷爷八十岁玩跳伞对着镜头笑哈哈举起剪刀手。时间如此宝贵，一切瞬息万变，每一天，都仿佛大开眼界。

真正的老，不是怀旧，而是对新鲜丧失了兴趣。

好好怀一场旧，是要从旧里，体味出一点新。童年最美好，当时却不觉得；青春最快乐，当时也没感觉。有些故事，只有时间久了，变成旧的，回头看，才发现它有另一种滋味。

到往事中，重新走一遭。

看看那一截铅笔，写下了什么，多么认真，多么用力，一笔一画却歪歪斜斜的，人生第一个字。

看看那一个不倒翁，是什么颜色，用手指一戳，它倒下又立起，圆鼓鼓的肚子里“丁零零”响着。

尝尝那一碟点心，是什么味道，它装在客人提来的网兜里，香味儿和油渍透过褐色包装纸，引诱得你眼睛跟着它晃。

听听那一盘磁带，长发青年们如何撕心裂肺，热血在胸膛里如何沸腾，冲动梦想如何像一轮烈日悬在眼前，让你热泪汹涌。

摸摸那一双小手，是如何热乎乎地揣进心窝，是如何撩起垂到脸颊的发丝，是如何拭掉你脸上的泪，又在你心中打了个结。

搽搽那一盒香粉，一缕风情从眼角眉梢飘出来，思念慢慢浸出来，脸蛋儿便淡淡地红，香气撩拨着一颗心，滚烫慌乱，彻夜失眠。

总要好好地怀一场旧，才发现那时的你，是那样的你。

时光是一栋博物馆，每个人的回忆陈列其中，永远崭新。某一刻，你走进去，那些喜怒哀乐生活点滴，那些一刹那的欣喜或忧伤，那些藏在心里的爱，那些当时紧紧捧着的宝贝——

都在。

老去，也就没什么了，看着自己在流淌的岁月里慢慢改变模样，酸甜苦辣都尝过，也便更懂得如何抓紧时间，尽心尽力活下去。

总想好好地叙一场旧，才能找回旧日的你，是哪般模样。

你曾经天真，相信爬上屋顶就能摘到月亮；你曾经羞怯，一个微笑藏了几年；你曾经莽撞，要把摩托开进宇宙；你曾经情种，解开情人的扣子也解开他的心；你曾经热血，攥紧拳头试图砸破世界。

“很多年以后”，只有五个字，而那一场漫长岁月，你是怎样活过?

你是怎样从手足无措，变成四平八稳；怎样从爱这个人，变成爱那个人；怎样从简单变复杂，又从复杂变回简单。

足够的时间与历练，终能让你摸清生活方向，才发现曾经那样晕头转向跌跌撞撞，也没什么不好，那些疼痛和快乐一样，都成为你的珍宝，再也舍不得丢下。

不用等老去，此时此刻，便是最好，让我把这本《旧物是好物》送给你，我们一起怀旧，也一起叙旧，一起到彼此的时光博物馆欣赏一番。

所有旧，都曾是新。旧日所爱，今日回头，仍像一场新欢。

# 目录
CONTENTS

# 变成“大女孩”

商店货架上，一瓶增白粉蜜，诱惑着女孩的心。

她刚开始懂得爱美。不再编辫子，而是梳马尾；不再戴蝴蝶结，而是飘带；不再看动画片，而是流行音乐MTV；不再把扣子系好，而是敞着夹克的怀，努力地迈大步子。

一些隐约的情绪，在她心里悄悄萌芽。

男生的眼神里开始藏着火苗，忽明忽暗，让她忍不住看了又看；笔记本里密密麻麻的歌词，都是关于爱情；深夜电台的DJ，声音美妙如梦，顺着电波告诉她，那些甜美故事。

早熟一点的同伴，都开始涂增白粉蜜。很白，很香，衬得眸子更黑，唇更红。她们个头儿蹿高一截，夏天单薄的花褂子，一出汗，就看出了文胸的带子。

对成长的渴望，从未如此强烈，“大女孩”们，仿佛有更多特权，有更强能力，也有更多秘密。

于是，再也瞧不上儿童霜，那是小孩子用的，一定要涂增白粉蜜，得不到大人允许，就砸破零钱罐，倾尽所有买来一瓶。

十几岁的脸，浓稠的霜，以及一颗迫不及待要长大的心。

那个清早，一切都不再一样。洗了脸，忍着激动，拧开增白粉蜜的瓶盖，抠出一大摊，隆重地抹在脸上，霎时，镜子里出现一张刺目白脸，白得像一场风雪吹过。

“太白了吧……”大人苦笑着说，望着那个自我感觉良好的小姑娘。她连说话的声音都故意压低了，眼神学着明星的样子，尽力透出一种充满距离感的矜持。

尽管如此，她全身的动作仿佛都在说：“快看，我涂了增白粉蜜！”

那一天，她并没有如愿变成“大女孩”，脸上过量的粉结成了块，更像一个晒干的面团，发际线和眉毛都挂着“白霜”，动一下，就有粉末掉落。

那一天，暗恋了很久的男生，第一次凝望她，让她的心跳得飞快，几乎要顶破胸口。她攥着他的英语作业本，忘了要如何发给他。

擅白粉蜜
LIQUID FACE POWDER

全世界都在盯着她吗，和他一样？张学友的《吻别》似乎从半空中飘下来，天冷了，她手抖了起来。

终于，他说："你怎么像白眉大侠……"

一剑穿心的尴尬。

直到若干年后，她手法娴熟地涂着最好的粉底，把一张脸蛋变得白嫩剔透，那种尴尬也仍然清晰地刻在心里。

如果可以时空穿梭，她愿回到那一天，抱抱那个小姑娘，说："别难过，将来总有一天，你会长大。"

～

# 吹给姑娘听的口琴

那是一只小小的黄色天鹅口琴。

有时它被抓在小孩的手里，简单粗暴地吹，当哨子吹，胡乱蹦跳的音符是噪音，扯拉耳朵。他从屋里蹿到屋外，看见蜻蜓，就一路追着，越吹越远。

更多时候，它被扔在抽屉里，只有不见天日的寂寞，很多天无人记起，无人碰触，无人凑近它，哪怕吹出一个音符。

那个如今再也想不起吹口琴的男人，曾经也是文艺青年吧？

书橱里堆叠的工具书下，压着一本《简·爱》；久未打开的笔记本，塑料封皮已褪色，里面字迹斑斑驳驳，写着一些诗句。

当年他吹起口琴时，正是秋天，杨树叶子墨绿闪光，太阳很高很烫，姑娘在风里望着他微笑，的确良裙子波浪一般飘浮，泛着肥皂清香。

那一刻，他以为时间就此停留，只剩下心跳，越跳越快。

然而，后来他和所有平凡的人一样，找了一份稳定工作，娶了一个温柔老婆，生了孩子，一个，两个，过着节奏一成不变的日子，对变幻的音符丧失了兴趣。

口琴成了孩子的玩物。

一直没有认真学过口琴，偶尔在电视里看到口琴表演，旋律悠扬，像那场秋风隔着很久的时光，隐约地飘来，抚摸着耳垂。

小孩忽然就会兴致大发，去抽屉里翻出那只小小的黄色天鹅口琴，坐在门槛上，仰头对着满天繁星，自顾自吹起来。

没有节奏，却仍是快乐的，踢踏着脚丫，那些音符在夜空里四处飞窜，钻入星星之间的缝隙，“倏”一下消失无踪。

后来喜欢的男生，他更喜欢吉他，一双手爱抚姑娘时，或许笨拙；爱抚琴弦时，却灵巧得没有一丝羞涩。

他唱起了歌，滥俗而火热的情歌。哪怕深夜，阳光也照下来；哪怕门窗紧闭，风也吹起来。姑娘望着他微笑，香水钻进他的毛孔，让他深吸一口气。

有人长大了，有人便老去了；有人这样唱着歌，有人便那样吹着口琴。

总要有一些旋律，让爱情发生，让他把她搂进怀里。

那只口琴还在抽屉里，很旧了，但你知道，它一定还能吹得响。

等到某一天，也许时间真的停止，姑娘不再离去，秋天一如既往地炽热，回忆与现实重合，你仍能拿起口琴，漫无目的地吹一曲。

我会等着你，我会望着你。

# 亲爱的男孩

穿上运动服，她跑得飞快。

一身蓝色中，白色竖条像一束光。她从操场这头跑到那头，脚步溅起泥沙，把人群远远甩在身后。

她喜欢武侠，总想练成飞檐走壁。她朝一面墙斜跑过去，脚抬高，“咚”一声，身体被弹出去，稳稳站住，她便托腮傻笑。

爬树更是不在话下。四月，桑葚成熟，白色晶莹，黑色浓郁，汁水清甜，她三两下就爬到树冠，倚在枝杈里，摘一把，捂进嘴里，嘴唇都变成了糖。

大人头疼地看着她，“你哪里像个十几岁的姑娘？”

十几岁的姑娘，整天穿一身运动服，疯跑，嘻嘻哈哈，却也会偷偷喜欢一个人。

他是班上最顽劣又最惹人爱的男生，中分头，单眼皮，太子裤，总是大步冲进教室，潇洒地把书包往桌上一甩。

全班的女生都喜欢他，她们在他

面前，故意拆开马尾，让头发披下来，再用手梳理抚平，重新绑一次。他总视而不见，兀自吹着口哨，晃荡而去。

她和他，却有种微妙感。

上学路上，他好像总是“巧合”地出现在她身后，两人一前一后，一声不吭地往同一个方向走；有男生戏弄她，往她身后贴纸条，他就过去一把扯掉，她回过头，他什么也没说。

有时，他们“碰巧”都在操场跑步，一圈又一圈，像暗暗较劲，看谁跑得更远；有时，她坐在座位上，他迎面经过，两人短促地相视一笑。

他们还没认真说过一句话，可是爱情，却仿佛变成了曝光的秘密。男生意有所指哄笑她，女生全视她为仇敌。

没有女生肯和她做朋友，她们排斥孤立她，甚至谩骂她。那是她第一次看到生活的黑暗面，她怕得连连后退，用最恶劣的态度对他。

她对他说的第一个字，是“滚”。

她一个人在操场跑步，跑得汗流满面，也泪流满面，夜风吹着她的短发，忽然之间，那个无忧无虑的小女孩，尝出了忧伤滋味。

如果回到那一天，亲爱的男孩，我不会向你大叫“滚”；我也不会恐惧女生们的妒忌。我会在上学路上，转过头，对你微笑，与你相伴而行。

亲爱的男孩，多年后，我变成了长发，没学会飞檐走壁，但经常穿上运动服跑一场。你呢?

中国
MEIHUA
MEIHUA

百雀羚
滋润型
PEHCHAOLIN®

# 淡香记忆

有个段子说，“我吻过你的脸，全是隔离霜、BB霜、防晒霜、粉底液、遮瑕膏、定妆粉。”

姑娘的漂亮脸蛋儿上，覆盖着一层又一层“粉饰”，让她们看起来更迷人，但也更失真。

人们对美貌，总是有一种怀旧情结。

我们怀念没有PS的年代，女明星一脸青春，新鲜自然，对着镜头微微一笑，就成了女神；我们怀念没有美瞳、锥子脸的时光，姑娘眼波流转，她们不用仰起45度角，就足以撩动心弦。

最好的年龄里，皮肤细腻光滑，精力旺盛不竭，录音机里的摇滚乐用力捶着音响喇叭，她一头波浪卷发，仿佛触电般涌动。

那是一种不加修饰、恣意妄为的美。

所有化妆品，也许只是一盒百雀羚面霜。黄色的圆形铁盒，旋开，清淡的香，黏稠的霜，涂在脸上，一整天都是润的。

恋爱时，男孩第一次吻女孩的脸，他会闻到那缕隐约的香，浸入唇舌，让他的胸膛开出花朵。

也许那是他们人生中第一个吻。她脸颊泛起红晕，他嘴唇滚烫柔软；她眼神低垂，他鼻息如风；他们像两株生长在甜蜜里的植物，每一片叶子都是糖。

从此他会记住那种香味，在无数个黑夜里，从记忆中流淌而出，让身体云一般飘浮，让夜空的星光融成一片。

后来，每一个少年都会长大成熟。世界变成另一番模样，美貌和化妆品一样，琳琅满目，批量出售。姑娘涂在脸上的，和穿在身上的一样昂贵。

那是另一种崭新的美。

可是你永远记得曾经那一缕清淡的香。它让你失眠，让你思念，也让你有生以来第一次心碎神伤。它和你那场青春一起，都被留在了遥远的地方。

如今百雀羚早已更新换代，在商场货架上，簇拥着各种新产品，焕然一新。旧的铁盒面霜，已然不知所终。

有时你会疑惑，那些岁月真的热烈过吗？那个心爱的人真的存在过吗？那种心慌意乱，以及未曾说出口的誓言，最后都遗落何处？

也许一切终将淡去。但是某个时刻，埋得再深的记忆，都会从心底忽然出现，惹起怀念；再久远的爱情，都仿佛卷土重来，烫热胸口。

青春是一个藏在记忆里的秘密，我们再不提起，而它永不老去。

~

# 平凡生活

她记得第一次，她的手和他的手握在一起。

天气不冷不热，好像春天里正渗出一点夏天的味道。深夜公路空荡安静，灯火遥远闪烁，她和他并肩而行，说着很多话。

他伸出手，让她看着，用打火机在手心点一撮小火苗，又“倏”地攥灭。男生的小把戏，却让她惊讶地笑，脸庞在夜色里仿佛披着一层纱，他要凑近一点，才能看清她。

走着走着，两只手无意间便碰到，顺势握在一起。爱情是一场提前到来的雨，淋得他们闭起眼睛。

她也记得第一次，她甩开他的手。

春夏秋冬是那样漫长，持续燃烧的空气让她厌倦。他站在街边的露天卡拉OK，握着破旧话筒，唱一些崭新的歌。他望着她，她望着别处。

某一刻，忽然就冷了，叶子不停飘落，和她脸上的眼泪一样。他抓着她的手，说出一些模棱两可的话，令她愤怒。他离去时，也是一个深夜，他没有回头，没有再一次伸出手。

时光如河流淌，把一些人冲到你身边，然后，又冲散。我们曾紧紧握住彼此的手，然后，又分手。

那感觉如此强烈，却只是一场平凡人生，平凡得和洗手池边那支甘油一样，没有一点颜色，没有一丝香味，涂到手上，便悄悄渗透进皮肤，细腻，了无痕迹。

总有一天，你不再冒失莽撞，不再迷恋那些鲜艳而脆弱的感情，穿最简单的衣裳，爱最真诚的人。

不需要喷上昂贵的香水，只需要一身清净；不需要把一支大牌手霜塞进手包里，只需要一支润肤甘油。

不再虚张声势给谁看，而是可以隐藏在角落，默不作声地喝一杯白开水。

在一切归于平淡之前，你一定要浓烈放肆地活过，初生牛犊一般生猛，总是亢奋，总是激动，撞向那些看似美妙的一切，头破血流，仰天大笑。

滚滚红尘里，你做过最沸腾的那一颗气泡。

时间足够久，你才能从混浊变成清流，你才能从巨大欲望里抬起头，好好端详自己。这一刻，你才懂得抓住最爱的和最重要的，放弃那些千篇一律的诱惑。

然后，平凡生活。

新升级配方
PHOENIX
凤凰甘油一号
GLYCERIN NO.1
珍珠净白
上海 百雀羚 出品

# 关于胡楂的一场调情

也许，因为实在是没有玩具，妈妈的梳妆匣、爸爸的剃须刀，便都成了玩具。

拿一把篦子，学着古装剧里的样子，在镜子前慢慢梳，梳得头皮发烫；而小巧的天使剃须刀，简直像高科技。

每当爸爸刮胡子，我就像一只小猴子，蹲守一旁，瞪大眼睛，看他打开小盒子，把里面形状不一的零件拿出来，组装，拧紧，刮胡子，发出细小的“喳喳”声。

只是按盒子外面那个“一”字形小按钮，开开关关，就能玩半天。只是琢磨那些零件的搭配窍门，用小镜子反射阳光在墙上乱闪，就能玩半天。

因此除了刮胡子的时候，盒子里从来没刀片，都被爸爸藏了起来。

想不起来是什么时候，对这一切突然就失去了兴趣。床头的不倒翁，换成了黑豹乐队的磁带，我把马尾梳得像京剧里的小生一样高，对男生骄傲地飞着眼角。

男生开始长胡子。

有的三根五根，在下巴稀稀落落卷曲着；有的是一层淡青色绒毛，也许是痒，他总是摸来摸去；有的是一团浓密的黑，显得少年老成，可爱又可笑。

姑娘开始谈恋爱。

梁咏琪唱，“da-la-di-la 中意他中意他他的胡楂，幻想一个家，为他生一个胖娃娃。”甜似蜜糖的少女情怀，一唱到这一句，先红了脸。

热恋时，总万般黏腻，像远离人间的小岛上，苏醒的束带蛇，疯狂得只剩下纠缠。

他会为她洗头。

温热的水，慢慢淋湿她的长发、脖颈、胸口；温柔的手，轻轻揉搓，她的身体和泡沫一样软，闭起眼睛，就化在他手里。

她会给他刮胡子。

清晨，情绪充沛，他穿着平角短裤，赤裸上身，脱下的白衬衣又被穿在她身上；她手指尖尖，让他发痒，涂奶油似的涂剃须膏，不要动，这刀片和她的爱一样锋利。

剃须刀轻轻刮蹭，胡楂却更硬，摩擦她的手，笑声慢下来，动作慢下来。坚硬的，更坚硬；柔软的，更柔软。

她那样欲火焚身地爱过一个人，他也是。

姑娘送给爸爸的，是电动剃须刀，便捷轻松，用很短时间就能剃干净；送给情人的，是手动剃须刀，复杂耗力，要的是一场漫长调情。

她长大了，不再是那只小猴子，但仍然爱着，也被爱着。

# 镜中人

人生中第一次暗恋，是中学隔壁班的男生。

他个子比其他人都高，喜欢穿牛仔夹克，课间常倚在门口，大声地唱流行歌。

有时，两个班在操场上体育课，他一双长腿跳过高高的栏杆，让女生集体欢呼，也让她们心跳加速。

他是大众情人。

他像电影里的男主角一样，骑着巨大摩托车呼啸着来来去去，在台球厅漂亮挥杆，打电游所向披靡。每次和女生说话时，他刚刚发育出一些男人味儿的声线，总惹得她们意乱心慌。

而我，只是一个路人girl。

暗恋总是让人怀疑自己。每天回到家，我总是拿起那个圆圆的北京镜子，照来照去，看自己是否有一张讨人喜欢的漂亮脸蛋儿。

我的眼睛好像不够大，还有点吊梢眼；我的鼻子太高了，像外国人；要用怎样的力度笑，才能恰好露出八颗牙？还有我的下巴为什么翘起来？

把一面镜子擦了又擦，镜中人还是一如往常，并没能焕然一新。

老歌里唱过，“镜中的人日渐消瘦，失眠的夜深念着是你。”少年则装模作样地把这句抄到歌本上，轻轻抬头，朝窗外眨着眼睛，以为自己有一脸美丽的哀愁。

也许，每一个姑娘都会在镜子前走神，无论多少岁，无论有没有爱情，她都会不由自主地端详自己。

大厦的玻璃墙，餐厅的镜子隔断，汽车车窗或倒视镜，任何一面可以照出影像的东西，她都忍不住停下来，照照自己，头发妆容有没有乱，衣领挽得够不够好。

她长大了，不再是那个对着镜中的自己百般挑剔

不自信的小女孩，但仍然喜欢跟镜中人对话。

童话里，女人问镜子，“谁是世界上最漂亮的女人？”

现实中，女人想知道的则是，“我有没有变成一个更好的人？”她不要徒有美貌，要的是靠着双手尽情生活的能力；她不要镜中永远年轻的容颜，要的是身体里一颗不老的心。

当年多少人家的柜子上，都摆着一个北京镜子，铁支架，圆镜面，背后一面鲜艳风景，前面映着男女老少一张张不同的脸。

每一张脸，从年少到老去，时光流淌中，留下多少故事？一切仿如镜花水月，有团圆，也有分离。

无论照过多少面镜子，最重要的是心中有一面镜子，让我们看清自己。

## 最细密温柔的齿

小时候，家里有一个红漆的木匣梳妆台，黄铜小把手，拉开，有一把红色篦子。

我知道那是老妈的嫁妆。

虽然从记事起，那个梳妆台就闲置在角落——宽大的新式梳妆镜早已登堂入室——她还是喜欢用篦子慢慢地梳头发，说那样梳得干净又顺溜儿。

每次梳完头，她就抻一抻衣角，背过身去，让我帮她拣身上掉落的头发，那不过是三五根黑

发丝。

后来，那些黑发丝中有一些变成了白色。

那时邻居里有位六十多岁的老太太，一把厚重的齐耳短发，根根朝脑后梳去，耳边别着黑发夹。夏天的清晨，她站在门口，极有耐心地用篦子梳头发，一遍又一遍，要梳得纹丝不乱。

但有时和老伴吵起架来，她会变成一头鬃毛乱舞的狮子，尖厉的嗓门儿号叫得整个巷子都不得安宁，花样百出的叫骂从窗子里飞出来，她那卖菜出身的老伴自然也有力气揪住她的头发一顿撕扯。

她的头发乱了，他的脸也乱了，一场“战事”才算平息。气消了，她就用篦子再一次把头发梳顺，一遍又一遍。

篦子的重要功能是“篦”，只有它独特的细密梳齿，能把头发间每一粒头皮屑都干净彻底地梳出来。

有些贪玩又不讲卫生的小孩，脏得像泥猴儿，头发里就生了虱子，这时就见大人一边数落一边把他摁到板凳上，用篦子给刮虱子，从发根贴头皮刮到发梢，那些土黄色的小虫带着白色小卵就掉落下来，把小孩子舒服得直傻笑。

十来岁，自己也梳了两根羊角辫，因为心急手笨，怎么也用不了篦子，梳不动呀，不能像普通的梳子那样“噌噌”地梳。

央求老妈，帮我梳辫子吧，篦子梳头最好看，它有细密温柔的齿，梳过的头发，像水。

终于，这臭美的小家伙甩着两条顺滑的辫子，辫子上绑着新买的花皮筋，深一脚浅一脚地蹦跶到街口那家卖小电器的店铺去——那里有个大哥哥，喜欢用录音机播放《吉米，来吧》，她正“暗恋”他。

头发长了又短，短了又长，这其间，买过多少把梳子？篦子好像已永远被抛弃在童年时光里。

当年暗恋的他，如今变成大叔，为一家老小奔碌，早就不再听什么音乐舞曲。

可是，这些往事一经想起，让人忽然停住了梳头梳到一半的手，发起了呆。

# 温柔的秘密

那时，罗大佑在唱“穿过你的黑发的我的手”。

那时，老狼在唱“谁把你的长发盘起，谁给你做的嫁衣”。

那时，少年总是奔跑，衬衣随风鼓胀，他大声地唱着流行歌曲，直到姑娘的眼神开始发光。

姑娘有一把野草似的长发，自然卷儿，像她倔强的性格一样。她走路时，长发骄傲地摇晃，好像走进了一场故事，音乐响起，阳光和灰尘都开始浪漫。

他和她，总是玩一场“视而不见”的游戏。

没有情书，没有表白，没有言情小说里写的那样——他站在她面前，拉起她的手，一起走，走过街角、路灯、便利店，走得天色渐暗，走得星星闪亮。

他总是奔跑着，擦身而过，像一阵风，让她的发丝挡住眼睛。她总是故意不看他，和别人大声地笑，开心地闹，有人提起他的名字，她就立刻岔开话题。

那时的爱情，总是隐约又敏感，心里越是想念，脸上越是若无其事。

可是，彼此又多么在意。在一团嘈杂里，他们一下子就能捕捉到对方的声音；所有不经意的话，喜欢的歌，爱吃的零食，小小的愿望，或者新裙子，他们都记在心里。

她希望自己更漂亮。

每次洗头，她都想把护发素揉进头发里，那样也许自然卷儿会慢慢变得顺滑垂直，她走过他面前时，就有了温柔感觉。

爱情像一个天大的秘密，他们都害怕别人知道。是否有那么一刻，全世界都移开了目光，只有他望着她，所有伪装都卸下，给彼此一个曾暗自练习过无数次的，最温柔的微笑。

BEE & FLOWER
蜂花 WHEAT PROTEIN
小麦蛋白护发素
净含量:450ml

少年的心里，都有过一场生疏却执着的温柔。

多年以后，你还是会在超市货架上看到蜂花护发素，但是最初的一场爱情，已经被时间冲洗得一干二净，最初的少年，已经跑远，跑出了记忆。

如今我们学会了温柔，爱一个人时柔情似水，百般亲密与讨好。

如今我们的头发长了又短，短了又长，自然卷儿轻易就变成黑长直。洗头时，还会不会因为想念一个人，揉着护发素就发起了呆？

有些爱情，始终未曾说出口。翻开老照片，也从来找不到那个人。刻意保持的距离里，是一场无疾而终的暗恋。

当我们终于可以诉说时，又该如何说起，这一场未曾发生的爱情？

# 一点滋润在指尖

一女友深夜在朋友圈发了一张图，是她的大梳妆台，上面堆满了形状各异的瓶瓶罐罐，不清楚的还以为她是个卖玻璃器皿的，其实，那些瓶瓶罐罐全是她的化妆品。

配文是女人娇嗲的语气，“每天不把这些涂在脸上呀，就睡不踏实。”

看着那一桌子化妆品，想象她打开一瓶又一瓶，抹上一层又一层，哎，原来一张细嫩白皙的脸蛋儿要下这么大功夫。

时代在变，女人的爱美之心不变，身上穿的，脸上抹的，一样都不能少。

可是回想起来，老一辈的妙龄少女们，梳妆台翻个底儿掉，也不过是一瓶雪花膏，何其简洁明快。

圆圆的盒盖上，双姝黑发白脸笑意盈盈；打开来，是香软腻滑的雪花膏。女人秀气的指尖轻轻剜一点儿，在手心焐热，闭起眼睛温柔地涂在脸上，一时间皮肤滋润眉眼舒展，镜中的脸又平添几分动人光彩。

一些院落里种着夜来香，暮色四合时静悄悄绽开，朦胧隐约的香艳，似女人水灵灵的脸蛋儿，雪花膏是滴在花瓣上的露水。

那时对化妆品没有庞杂分类，黛眉朱唇是交际花的标志，女人待在镜子前的时间，不过是用来涂一盒雪花膏。

它没有强大的遮瑕功能，也不防晒不祛皱，但指尖点触到那一刻，就能感到它不动声色的、体贴的滋润，清淡细腻，洗过的脸涂了它就不干燥，还有什么比这更好？

这世上没有完美的化妆品，不管是一盒雪花膏还是一梳妆台瓶瓶罐罐，在青葱年华，它们是帮衬，锦上添花，涂在脸上，仿佛脸更好看；青春消逝，它们并不是回天神药，整瓶倒在脸上，也抹不掉一条皱纹。

广告里说，我要让流逝的时间停住！——听着一

上海®
evening primrose ladies dressing table companion of the most beauty
上海女人
净含量:80g
1932
上海®

点儿也不豪情万丈，茫然地靠某一种化妆品来挽留青春，会多么失望。

老一辈少女们抹一脸雪花膏，时髦出街；新一代少女们抹一脸水乳霜液粉膏露，隆重登场。简单或复杂，最后都只能避让一旁，看新生代少女们破壳而出。

雪花膏没有奇效，用指尖剜一点儿，涂脸，滋润不干燥，如此而已。

够了，能有一盒用得舒服自在的化妆品，像穿惯的衣，吃惯的菜，爱惯的人，终能在渐渐老去的路途中，相依为伴。

# 牵手

小时候，我是一个假小子。

顶着盖不住脑门的短头发，上树爬墙，攥着一根木棍在巷子里呼喊疯跑，总是一身土，一遍又一遍练习武侠剧里的“旋风腿”，除了睡觉，没有一刻安静。

别的小女孩，每天起床洗脸，乖乖地“搽香香”，脸蛋儿粉嫩，小手雪白，甩着小辫子走出去，人人夸漂亮。

我不是。

北方冬天寒风凛冽，空气干燥得让大地都长出皱纹。每次洗了手，在毛巾上匆匆抹一把，我就跑开了。然后，双手开始皴裂，长出一层黑色污垢，伸出来，像一只小小的熊掌。

有点儿疼，有点儿痒，还有点儿硬，但是我不在乎。

直到有一天，班上要排练“请把我的歌，带回你的家”，大家要手拉手围成一圈，一边跳一边唱。

那时有个长得特别白净的男生，考试第一名，斯斯文文，衣服上总有一股肥皂的香味。我喜欢他，却没机会接近他，终于这次排练，老师把他安排在我身边。

我左手右手一个慢动作，伸出“黑爪”去牵他的手。他低头看了一眼，忽然躲开了，他说，“你的手好脏，我不要和你拉手！”

晴天霹雳！

那一瞬间，我大大咧咧的假小子神经就像被什么东西“咚”地弹了一下，让一腔喜悦心情轰然粉碎——原来我喜欢的人，他不喜欢我。

那天放学一进家门，我就嚷嚷着要热水泡手。水要烫，才能把皴裂的皮肤泡软，搓掉那层脏，再搽一层蛤蜊油，手就会变得润滑白皙。

打开那个小贝壳，白色的霜，在手上慢慢揉擦，我终于拥有了一双小女孩的手。妈妈说，“你看，这样多干净多漂亮呀！”

从那以后，我的手再也没有皴裂过；从那以后，每个冬天洗脸盆旁都放着一盒蛤蜊油；从那以后，我再也不喜欢那个男生。

人生中第一次，对于自尊的小小打击，让那个八岁的小女孩，无法释怀。

那时她还不知道，将来的每一场爱情，都少不了牵手，两颗试探的心，紧张又兴奋地碰触，轻轻一下，便是电光石火。

也许不再搽蛤蜊油。

但是那双手，无论鲜嫩或衰老，无论干净或污浊，只要与心爱的人相握，就是最完美结局。

# 时间的重量

中学第一天，我得到的礼物是一块手动机械表。

然而，这并不是年轻人喜欢的款式。别的同学都戴电子表，很大一块，又酷又时髦，表蒙上的数字蹦蹦跳跳，可以读秒，可以响音乐，还不用上弦。

那时爷爷有一块老上海手表。

每天晚上，他给手表上弦，一圈一圈，很慢。上满之后，他放在耳边听听，然后拿软布把手表擦一遍，放在床头。

在十几岁的我看来，那很老土。

最终还是央求大人买了一块电子表，鲜艳的红色，皮腕带在手腕上闪光，青春无敌的味道。那块手动机械表被扔进了抽屉，表针越转越慢，某一刻，“咔嗒”一声，停住，再也不动。

表上的时间，凝结在那一刻，仿佛抽屉外的人再不长大。

曾经的小男友，穿着字母T恤牛仔裤，却故意戴一块老上海手表，看起来有些笨重落伍的表身，与青春融在一起，变成了一种流行：复古。

这“复古”，曾经却也是一代人的时髦。

那时，男人戴着老上海手表，显得格外英俊；姑娘戴着老上海手表，显得格外飒爽。他们抬起手腕，看一眼时间，然后诉说或离别。

恋爱的人，如果收到的礼物是一块老上海手表，那足以证明你在对方心中不可动摇的地位——那可是能用来当彩礼的。

后来，我们说过的誓言，几乎都与时间有关。我们渴望时间能够停留，让亲人永不离去，让爱情永不消失。

真相却是，无论有没有一块手表，时间的指针都永不停转。

你还记得自己长大的那一瞬间吗？也许是看到了父母脸上的皱纹，也许是被生活一拳打了个跟头，也许是一场爱情从滚烫变成冰冷。

总之，冥冥中仿佛表针“咔嗒”一声，你忽然意识到，原来已经长大了。时间从来不会停住，就算手表永不上弦。

这时才懂得，一块老上海手表，戴在手上的是时间的重量。

每一次上弦，每一夜听着它在寂静中滴滴答答，时间仿佛有了痕迹，伸手一摸，就留下了你的指纹。

越成熟的人，越喜欢手动机械表，不能亲手掌握时间，至少能亲手调整时间。

上海
SHANGHAI
星期四
28
19 ZUAN

## 一块手绢，一场亲密

幼儿园学会的第一个游戏，是“丢手绢”。

小孩们围成一圈，丢呀丢呀丢手绢。轮到我，忽然拿着手绢愣在当场，还没想好要把它放在谁头上。

老师问，“你在干吗？”我……在思考。

那时最喜欢跟大人去参加婚礼。新娘子穿着红彤彤的衣裳，头发烫成卷，别着几枝粉色绢花，她脸蛋儿雪白，鲜红的嘴唇抿着，一直笑。

鞭炮“噼啪”作响，人群拥挤，小孩像猴子似的在大人胳膊底下钻来钻去，想一睹新娘子的容貌。

Jinyu

最重要的是，新娘子的衣兜里，揣着一沓新手绢，每个跑到她面前，嘴甜叫人，讨得她欢心的孩子，都可以得到一块。

最多的是“金鱼手绢”，方方正正一块，轻薄柔软，上面印着两条淡粉色金鱼，头上还顶着“小红帽”，这对小小的我来说，充满吸引力。

新手绢是舍不得用的，小心翼翼叠得横平竖直，放进口袋里，简直像一场锦衣夜行，那种新鲜感挂在脸上，一整天都带着笑。

然而，感冒的时候，新手绢就会沦为旧手绢，鼻涕喷嚏接二连三，抹一把，揉成团就塞进裤兜里。

脏了的手绢，不再被珍惜。

每个小孩都有自己的小宝库，藏着各种稀奇古怪又没用的玩意儿，可能是钥匙、卡片、胸章或子弹壳儿，也可能是手绢。

我当年攒了几十块手绢，除了金鱼手绢，还有各种花鸟鱼虫图案的，各种颜色，有的还带一圈波浪花边，闲着没事就拿出来，一块一块铺开，欣赏，又叠起。

旧手绢洗过之后，又变得崭新，大太阳下，挂在晾衣绳上，随风飘摇，那两条金鱼仿佛游动起来。

晒干了，捧在手里一闻，温热的皂香，那是种美丽味道。

姑娘的手绢，有时在衣兜里，有时在提包里，某一次，拿出来帮男人擦去汗水，淡淡的香让他神魂颠倒，顺势握住了递手绢的手。

男人的手绢，通常在胸前口袋，某一次，拿出来帮姑娘擦去眼泪，尽管她还是伤心，但是一个随时能掏出干净手绢的男人，让她好感倍增。

你还用手绢吗？也许早不用了吧。

新时代里，纸巾更便利。但是，终归少了那种贴身的亲切，那种亲密的气息，那种轻轻拿在手里，对肌肤的触摸。

它不仅是手绢，还是一场情愫的缘起。

~

# 爱你汗衫里的性感

一件纯白纯棉的汗衫。

曾穿在爷爷的身上，他花白头发黑眼镜，双手背在身后，摇头晃脑地教我唱京剧，写毛笔字。

曾穿在爸爸的身上，他的肩膀宽厚温暖，伏在上面，伸手便够着春天里开出的第一朵槐花。

曾穿在小男友的身上，夏日树荫安谧一片，慵懒重叠的手，那时天总是很蓝，日子总过得太慢。

这便宜耐穿的汗衫，一直在男人堆儿里经久流传，居家日子穿着最是舒服自在。老头儿穿着它，遛鸟，打太极，和公园里的老太太说笑话；青年穿着它，在风扇呼呼中狂打电脑游戏，也在炎热的球场上挥汗如雨。

它最不起眼，但就像女人的文胸一样，每个男人的衣柜里都备着几件汗衫，夏天外穿透气透汗，冬天内搭温和贴身。

汗衫，一听这名字，就想到一个结实健壮的身体，汗珠从棉线缝隙流出来，散发着雄性特有的旺盛味道。

女人迷恋男人的汗味儿，当他奔跑，当他拥抱，当他的汗水随着运动一起涌向女人，棉与汗交织散发出独特的气味，令女人心旌荡漾。

进化千万年，女人与男人，如同所有哺乳动物一样，有识别所钟情异性的嗅觉密码，无论那是隔着一层兽皮或一件汗衫，他的味道散发出来，她就知道，是他，那味道引发的悸动不会骗人。

所以，这简简单单的白色衣服，叫汗衫。

它传说中的身世也阳刚范儿十足，据称是汉高祖和项羽激战，汗浸透了中衣，才有了“汗衫”一语。

它是男人的贴身衣服，白色更能映出硬汉的黝黑，当汗水打湿汗衫，发达的肌肉线条也随之展现，这是属于男人的冲击力十足的性感。

你看，铁骨硬拳的李小龙，习武练功也穿一件白汗衫，对敌激战至酣时，汗衫一褪，刚硬的身躯一声怒吼，一夫当关，万夫莫开。

虽然汗衫也可以做得花里胡哨，可是，毫无杂质的纯棉，还得白色。秋蝉汗衫做了这么多年，白色圆领款也一直是不变的经典。

男人身材够好，汗衫才穿得出味道，肩臂宽厚，腹壁硬实，汗味儿从密织的棉里原汁原味透出来。

哦，亲爱的，那多么多么性感！

~

# 安慰

北方入秋，天气开始火烘一般干燥，静电噼里啪啦，只要洗手后忘了搽油，死皮就会像鱼刺一样又硬又扎。

那时她刚上班，每天早上六点半起床，睡眼惺忪地晃到大院门口的早点摊，吃一个五香烧饼配一碗鸡蛋汤。

回来才真正醒了盹儿，洗脸刷牙，拧开那盒友谊护肤脂，涂满双手，戴上薄毛线手套，出门，骑一辆红色二四自行车，奔向单位。

工作半年，第一次正儿八经谈恋爱。

男方是一个医生，大她三岁，风华正茂，前程似锦，肩宽胸阔个子高，戴一副眼镜，说话时有很重的鼻音，聪明机智人情练达，约会时逗得她笑个不停。他符合她对“完美丈夫”的定义。

恋爱谈了半年，他却越来越不温不火，有时一周都见不了一次面，他总是说很忙，她安静地不催也不闹。

友谊®
护肤脂

那一天是他生日。她工资不高，但还是拿出半年积蓄，买了一个电动剃须刀。

她穿上新裙子，乖巧如一只猫咪，轻手轻脚出现在他办公室门口，拿出礼物，祝他生日快乐。

他没接，当着几个同事的面，说，“我不要，谢谢。”没有拥抱，甚至没有微笑，更没有甜蜜的二人晚餐。他没说分手，却用冷冰冰的态度，明确拒绝了她。

怎么能不哭呢？她还以为再过半年，他们就会结婚了。

她躺在单位宿舍的单人床上，一只手握着电动剃须刀，一只手擦眼泪，手上淡淡的护肤脂香味儿，被稀释了。

当时，我不知深浅地说了一句，“哭什么，男人有得是，他配不上你。”

回想起来，真是一个不懂事的小姑娘直愣愣的安慰。一个人渴望依恋另一个人时，碰到的却是他坚硬的壳，无法打开，无法碰触里面柔软温润的部分，她的心，该是多么疼。

又是秋天，风那么干燥，却吹不干脸上的泪；双手在风里空荡荡垂着，它可以被滋润呵护，而孤独只能赤裸裸地暴露着。

有些恋爱，终究要失去，无论你多么喜悦，多么满怀希望，就像一盒怎么用力也打不开的护肤脂，它不肯满足你的需要。

那时，悲伤的姑娘还不知道，属于她的爱情，在下一个秋天，就要到来。

~

# 花香盈怀袖

说男人油头粉面，那是骂他娘娘腔小白脸。而说女人，“金雀钗，红粉面，花里暂时相见”——嗯，她肯定是个美人儿，她还肯定精心打扮过。

自古以来，除了京剧曹操脸上那厚得可以擀面条的白粉，粉，一直是女性化用品。

小时候对大姑娘身上的香气充满好奇与向往，她们烫着高耸的刘海儿，嘴唇艳红，脸格外地白，擦肩而过时，一股浓郁的香气漫散，会令人忽然间走神，就算伊已走远，还是让人忍不住回头再看她一眼。

香气丝丝缕缕将要散尽，她是不是一朵刚刚开放的花?

臭美之心作祟的小孩根本不知道那是脂粉香，回到家，用盆架上的洗脸皂隆重地洗遍全身，期望那简陋的香味也能持久流动——迫不及待地站到风中，嗅一下自己，咦，香气无踪无影。

一盒粉，能使女人喜欢，要粉质细腻，更要芳香。

年轻的脸涂上香粉，弹性十足的皮肤和粉融为一体，几乎难以发现粉饰的痕迹，只觉得她白皙如瓷，衬得五官像画上去的，真正的眉目如画。窈窕走过，香风一阵，将周围的人感染得霎时如坠入春天的百花园。

老去的脸涂上香粉，盖不住皱纹，连粉末也要使劲地抓着皮肤怕掉下来。没关系，又不是用它来掩盖什么，只是习惯和喜欢那种细腻芳香的感觉，涂在脸上，便觉得心旷神怡，便笑得美好。

百花露香粉，自民国起就受女人青睐，可以想象一个旗袍美人坐在圆镜前，用毛茸茸的粉扑沾着香粉，轻轻地拍在脸上，她的暗香浮动，惹得多少男人魂不守舍。

现在，百花露香粉盒在网上都变成了收藏品，淘宝网上年轻的八零后店主声称自己卖的是库存老货百花露香粉，问他要怎么用，答，“不知道，反正看着像痱子粉一样……”

洁丽
JIELI
百花露香粉
天津海河化妆品厂出品

嘿，它可是香粉。

它可是当年女人梳妆台上的主角之一，它是赶时髦的必备品，它是男人的某一缕记忆——“冷风吹，香粉纷飞，染上谁的脸。让风吹，魅影破碎，一阵花的水。”

这首歌就是男人唱的。那转身间，举手投足间，隐约缥缈的香。

至今没有机会去闻一闻百花露香粉，它是否花香？它是哪一种花香？

# 小姑娘的发卡

那时，还拥有一把长发，刘海儿斜吹到一边，时不时用手往上抿，以防它塌下来。那时是十一二岁，刚懂得爱美的小姑娘，捉襟见肘的头饰中，总有这种黑色钢丝发卡。

它只用来协助整理头发。

譬如碎发多，低头写作业时总遮住视线，就将它往头上一别，碍事的头发被乖乖拢住，眼前一片开阔光明。

譬如盘头，这几年流行的丸子头，早在我小学时就风靡过一阵——将头发束高，挽成一个髻，以钢丝发卡固定，再套上发网。

当古装剧盛行，侠女头上的丝带柔中带刚，《新白娘子传奇》中的蛇仙头上白纱飘扬，小姑娘一颗爱美之心又蠢蠢欲动。

钢丝发卡再度派上用场，以它穿过纱巾一角，别在高高梳起的马尾上，

新农牌
Xinnongpai
GANGSI
FAQIA

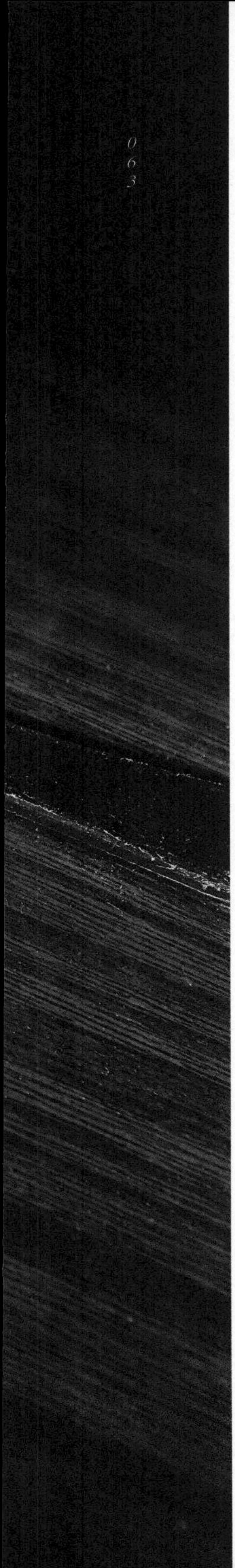

迎着风，在巷子里欢跑——纱巾飘舞，云朵柔软。

然而，从来没有喜欢过它。

它没有年龄界限，老少皆宜，后院发白背驼的老奶奶每日梳完头，也在脑侧别一只。它身价亦廉，路边摊卖一毛钱五个，揣回来，没用几次就不知所终。

有时，大人找不着耳挖勺，还用它来掏耳朵。相比那些花花绿绿的头饰，它简直寒酸得不值一提，生来命运就是为他人作嫁衣裳，与头发合作时，要尽力隐藏自己。

小姑娘的成长过程中，很快抛弃了这种黑色钢丝发卡。

她们移情那种彩色发卡，把头发剪得参差不齐，然后，发卡交叉别在头发上，形如X。当年，范晓萱和王菲都这么打扮过。

渐渐地，发卡进化得越来越五花八门，有时状如星星月亮，有时缀着花鸟鱼虫，有时镶满璀璨的钻——精品店里的发饰，可以挂满四面墙。

直到再次蓄长头发，不堪碎发搅扰，忽然想起它——钢丝发卡，黑色的。

一时愕然，不知何处去买，商场超市精品店皆不见其踪，它仿佛随童年一起从生命中隐去。

某晚，在路边“走鬼档”（流动摊位），才又见着它——老样子，一贯的排列整齐瘦小身躯，两块钱十个，不单卖。

只是，当年蹩手蹩脚用它别头发的小姑娘，已经找不回来了。

～

# 穿过发丝的温柔

有一个午后，阳光灿烂，树叶晶亮，某人挽起领子撸高袖子，瓷脸盆盛满水，弯腰，浸湿头发。

一瓶茶籽洗发精搁在手边，盖子拧开，倒几滴在手心，一边抹在头发上一边揉搓起来。

泡沫越来越多，淌到脸上，洗头的人双眼紧闭，看不到一些小气泡飞到空气中，散发着香味儿，在阳光里变成五彩斑斓。

那时的洗发水广告尚看不到大明星光艳照人的脸，也不会以“防分叉，促浓密，增乌黑，现光泽”这些虚头巴脑的词汇来诱惑消费者。

茶籽洗发精属于简单又实用的类型，不懂得华丽丽的表演，只会本本分分地为头发做清洁——其洁净力超强，累日未洗的油腻头发经它一次洗涤，立刻变成小清新，可以甩起来回眸一笑，做时髦少年状。

当年，大家也不知道茶籽洗发精里的茶籽和茶叶究竟有多大区别。

倒是那“亚洲”牌让人感到荡气回肠，仿佛每洗一次头都增添一次亚洲雄风的感觉。风卷沙尘的日子里，凌乱的头发肆意挥洒着茶籽洗发精的味道。

而味道氤氲中，一些洗过之后精神奕奕的发型便浮现出来——长发短发大波浪小钢丝中分偏分蘑菇头板寸。多少年少的不安分的脚步随之走过大街小巷，歌声飘扬。

现在网上还买得到茶籽洗发精，价格惊人地便宜，但曾经，它还是令一些人觉得“身娇肉贵”。

譬如某邻居大妈，她一直坚持用洗衣粉洗头很多年——抓一把撒在脑袋上，两手卖力搓洗，其姿势犹如对付一团旧抹布，洗得头皮滚烫发丝毛糙。

惊骇中，还是庆幸手边能有一瓶洗发精，当它触及头发那一刻，便感到那忽然间变得蓬松软绵的爱。

记得否，穿过你的黑发的我的手。

那是怎样的头发？一头黑发，手指插入，一梳到底，指缝间清香袅袅——哦，她一定刚刚洗过头发，或许那瓶茶籽洗发精就放在浴架上，瓶身上的水珠还未干。

也可能，她就是从那个阳光灿烂树叶晶亮的午后走来的姑娘，包里揣着美发店的高级保养卡，早就忘了用过一种叫作茶籽洗发精的东西。

茶籽
洗发精

## 老男人的小造型

如果你也看过那一部老电影——《美国往事》。

街头小混混Noodles，大赚第一笔钱时，他换上了光鲜的衣裳，他的头发，终于不再像枯黄的稻草一样在风中乱飞，而是用发膏涂得油光水亮，根根分明地倒贴向脑后，梳理出一个年轻光彩的大背头。

那时，他们都是少年。

少年的心，一丝微风吹过，就不安地躁动。少年的脸，一个眼神闪过，就泛起了红晕。

男孩子要在心仪的她眼中留下好印象，皮鞋要锃亮，头发也要锃亮。夏日的水龙头哗哗作响，他把头发洗得清爽干净，用风筒吹得干燥顺滑，然后一边吹着口哨一边微微弯下肩背，朝着镜子里，双手快乐地涂发膏。

要将头发涂得一丝不乱，手指轻轻抚过，光滑可鉴，能反光，能映出一个女孩子微笑的脸。

课堂上那个穿牛仔裤、“蘑菇头”的头帘从来都湿漉漉地耸立的男孩，英国电影里那个西装笔挺、头发像熨平一般贴在脑壳上的绅士，他们出门前，都精心地涂过发膏吧？

用熟练的手，擦上熟悉的发膏，十指展开插入发中，像给头发也穿了一层外衣。

走出门来，那发型360度无死角，风吹不乱，连灰尘都沾不住。有句玩笑说，“血可流，头可断，发型不能乱”，不打理的头发和不刮的胡子一样恐怖。

那时，他们优雅，他们时髦，他们都是少年。一盒金刚钻发膏，让他们的头顶和鼻尖一齐冒出油光。

也慢慢地习惯了打理生活，如果早上顶着一头乱糟糟似鸡窝的头发上班，是断然不可忍受的。头发不可以放肆地翘起来，就像肚子不可以放肆地肥起来，涂过发膏的头发根根分明，就像对待人生一样准确、坚持。

当头发开始流行自然随意，流行慵懒性感，那时，他们已从翩翩少年变成老男人。

时光一笔刷过，刷出他的皱纹，刷白他的头，连他的头顶也刷秃一些。那涂满发膏的厚重头型过了时，但他偶然会忘了这回事，在茶楼喝茶时，还是固执地穿了背带裤，固执地把头发涂了发膏，根根顺滑伏贴，整颗脑袋都反光。

油头粉面，老男人们也曾是那样可爱的少年。

金鋼鉆
白色

## 1234567

1234567，do re mi fa so la ti。上第一堂音乐课，要学的就是这几个音符。

如果你对这几个音符够熟悉，那么，拿一把星海牌的绿色大正琴，就能弹奏出美妙的音乐。

没错，就乐器来说，吉他看上去更时髦有型，钢琴摆在那儿更优雅高贵，但是，一把音律清脆简洁的大正琴，却可能是一个人童年里印象最深刻的音乐伙伴。

朗朗上口的旋律从来不需要太过复杂的演奏，那些流传几代的童谣儿歌，闭上眼睛一想，几个音符就从脑海里蹦出来，跳来跳去，变成音调脱口而出。

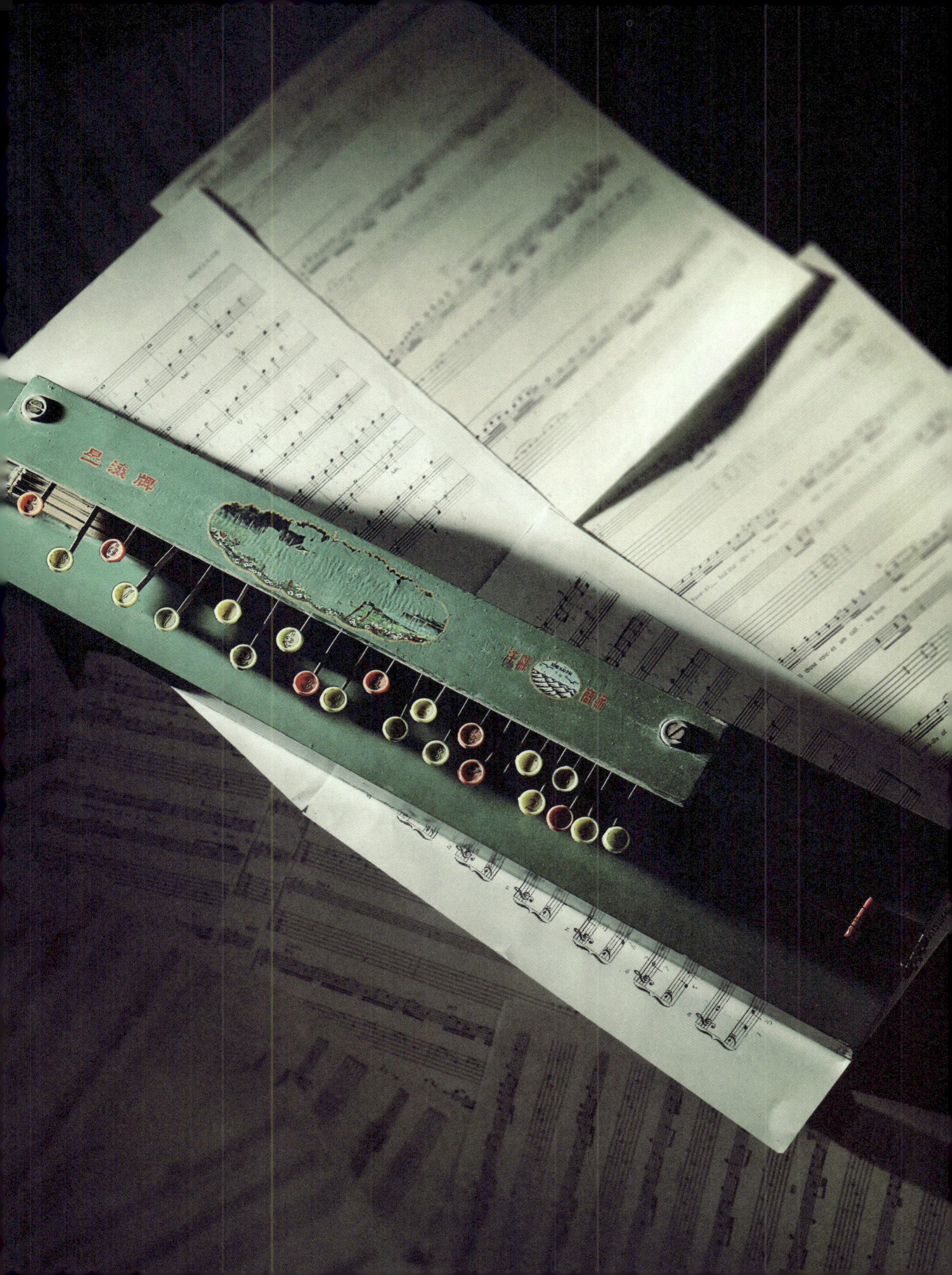
商标

其实大家更喜欢叫它凤凰琴、快乐琴，而不是听着有些呆板生硬的大正琴。

那时的音乐课，不过是老师在黑板上画几个简单的五线谱，领着一群小孩子唱“王二小”或“送别”。而我知道，如果有一把美丽的绿色大正琴，就可以笑傲街巷，让一帮泥头土脸的玩伴们羡慕得两眼发红。

如果一个男孩会用大正琴弹两首完整的曲子，哦，那简直让他整个人都发光，惹得女孩的心“怦怦”跳，觉得他才华飞扬。

现在想想，以前怎么会那么轻易喜欢一个人？仅仅因为他能弹几个还算顺溜儿的音符，仅仅因为那把大正琴有着初春麦苗一样的嫩绿。

也许音乐和甜言蜜语一样，只要男人擅长，便能让女人着迷。

有时，童年里玩过的乐器和童年里听过的故事一样，铭刻在心，经过很多年也忘不了。所以公园里偶尔能看到头发花白的老头儿，也在拨弄一把大正琴，曲子流畅，把他拉回年少光景，他就映着早晨的阳光旁若无人地笑起来。

迷恋音乐，而又实在没什么乐器可供入迷的日子，一把大正琴能让一个人心中音乐的火苗明亮摇曳。

现在买个乐器实在是小菜一碟，要让孩子去上音乐班，还得靠威逼利诱。朋友为他七岁的女儿买了吉他、葫芦丝、口琴、笛子、埙、古筝、钢琴……

他说，只要孩子有兴趣，他愿意提供一切有利条件。

其貌不扬的大正琴，早已不在现代人的考虑之列。只有曾隔着玻璃柜台被那种鲜艳跳跃的绿色引诱得难以离去的人，才懂得琴键上的每一个数字——1234567，do re mi fa so la ti。

一时间，陈年的爱恋与欣喜，齐齐涌上心头。

孔凤春
珍珠蜜
净含量:100g

## 爱惜她脸庞的蜜友

女人喜欢珍珠。

如果要送她礼物，真金白银未免俗气，而一串珍珠项链能让她笑靥如花。

洁白光滑的脖子，洁白光滑的珍珠，美得像一幅油画，她要穿上长长的丝绒礼服，在华丽的光里优雅行走。

那部叫《香奈儿》的电影里，倔强的Coco小姐扯断了男友情妇的珍珠项链，挥手一掷，那些圆润的珠子在月光里跳落窗外。

第二天，情妇一粒一粒捡起来，她说，无论男人对我们多坏，这些珍珠都是好的。

喜欢珍珠的女人，涂在脸上的也是珍珠粉蜜。

或许她一直觉得，只有珍珠粉蜜才有珍珠那种独特细腻的柔滑，在脸蛋儿上轻轻摩挲的时候，就会想起某一只温柔多情的蚌，它含着一颗顽固的小石头，裹进自己柔软的身体里，一遍又一遍地摩挲，终于得到了一颗珍珠。

她想象着属于自己的蚌，那是一个有着坚硬外壳而内心柔情的男人，他粗糙的手摩挲她细嫩的脸，用源源不绝的爱滋养她，她便一天比一天更光彩照人。

珍珠蜜，能不能让一个女人拥有珍珠般光洁的皮肤？

孔凤春的珍珠蜜涂过一张又一张女人的脸，看着她们从年轻到衰老，看着她们欢笑流泪，不知不觉已过了百年。

女人们的青春荏荏消逝又荏荏生长，有几个人拥有了属于自己那一颗珍珠？

热恋时，她是男人的掌上明珠，美艳动人，万千宠爱。后来，有些掌上明珠变成玻璃珠甚至石头、土块，失去宠爱，暗淡无光。

她确是一颗珍珠，只是有时爱恋一场，却爱错了人。

喜欢亲密关系的女人，生活中总拥有几个“蜜友”，分享秘密、八卦及喜怒哀乐。爱美的女人，梳妆台上也总拥有一支珍珠粉蜜，它比所有人更爱惜她的脸庞，脸上每一条细微的纹路它都熟悉，它都抚慰。

她不是肤若凝脂的绝色美人，那又怎样？它是她的蜜友，每一天都与她肌肤相亲。一种用了很久的珍珠粉蜜，是有感情的。

林夕有一首词写，“从前也有个蜜友，浪漫短讯日夜没遗漏，亦在手电被换掉的时候，和平地分手。”

也许，一生太短，短得来不及深情便已失散；也许，一生太长，长得来不及深情便有新欢。

女人涂过珍珠粉蜜的脸蛋儿闪着美丽的光，然后，她们各自走进自己的故事，用那一张脸，去体验悲欢离合。

~

# 蝴蝶翩翩驻红颜

蝴蝶，给一瓶面霜取此名的人，懂得女人心。

因为那位胡蝶，在银幕上粉面桃腮，一时楚楚可怜，一时强韧洒脱，眉梢眼角都是百变的戏，举手投足皆美，女人喜欢。

因为那只蝴蝶，在姹紫嫣红的百花丛中翩跹飞舞，翅羽艳丽，姿态飘摇，一生要与蕊香花露为伴，一生要美丽地舞动，女人也喜欢。

女人珍爱自己的脸庞，就像蝴蝶爱惜自己的翅膀，因而女人选择化妆品就像蝴蝶寻觅花朵，在琳琅满目中，要不遗余力地尝试，直到找见最情投意合那一种。

蝶霜
Butterfly

如果完全不用考虑金钱因素，那自然可以向国际大牌看齐。华丽柜台玻璃下昂贵精小的一瓶面霜，涂在脸上，心理作用更大于美肤作用，一掷千金，未必能抹去一条最细的皱纹。

而蝶霜，大概人人都能买上一瓶。白瓷瓶上贴一只大红蝴蝶，拧开，味道清淡；涂脸，细腻润白。它比那些豪华大牌，不差半分。

古往今来，美女明星的代言最有号召力。

深宫里的寿阳公主无意间额头上落一瓣梅花，竟衬得伊人更加娇柔妩媚，从此常贴梅花于前额，称为“梅花妆”，一举生成时尚轰动效应，引得民间女子纷纷效仿。

蝶霜，则有了蝴蝶的眷顾，有了胡蝶的倩影，芸芸众女又怎会不喜欢？于是纷纷跳入这时髦浪潮之中，一瓶蝶霜在手，“如蝶美丽润肤妍姿，如霜皎洁润面嫩颜”，美人那么美，一定是因为这蝶霜吧？

现代广告里，女明星更是光芒四射，衬得化妆品也有了神奇感，代言的女明星越美，代言的化妆品销量就越高。

是的，也许女人不会一直喜欢蝶霜，就像衣柜里的衣服已经穿不过来而她还不满足，梳妆台上的化妆品已经堆成小山丘而她还觉得不够。青春渐逝时，她难免惶恐迷惑，各种鼓吹奇效的驻颜术都要试一试，或者化妆品，或者手术刀。

有什么可以让她一直鲜艳吗，就像美容广告上的美丽面庞，永远定格？

如果可以不固执奢求，适时花开，适时花落，又有什么值得挣扎苦恼。“青梅如豆柳如眉，日长蝴蝶飞”，时光正好，蝶霜正柔，就好好享受肌肤之润。

因为，所有的花鲜蝴蝶美，也不过都是一瞬。

evening primrose ladies dressing table companion of the most beauty
LADY VASELINE LIP BALM
润唇膏
1932
1932

# 给我一个吻

当你开始为一个女人笑而不语的双唇魂牵梦萦，那你一定是爱上了她。

“红脸杏花春，和笑掩朱唇”，招惹了多少男儿的心。

喜欢她，却还不敢说上一句话，羞涩的男孩咬紧了嘴唇，被她抿起嘴角淡淡地一笑，就全乱了方寸。

喜欢她，心如擂鼓声如蚊哼地表白，简简单单的几个字却好像缠绕在唇齿间，怎么都说不清楚，紧张得热汗直冒，不敢看她闭合的双唇，不知道她会给出一个怎样的回答?

我们那样在乎自己的唇，因为有一天，会用这双唇去吻最爱的那个人。

上海女人牌的凡士林润唇膏，不知滋润过多少人的唇。那双唇，总有自己的爱情故事和喜怒哀乐。

有人的唇，吻过许多人，那是一部超级加长版的爱情小说，双唇留下的吻痕，在别人的脸颊或胸口，热了又冷，冷了又热，变成流行歌曲，唱着“如果只是为了不断享受更纯熟的吻，是我太单纯还是你残忍……”

也有人的唇，吻过了一个人，就把一生都铭刻在这吻上，所有的诱惑与变幻都失去了意义，从此，只有这一个吻，相伴到白头。

热恋中的人，对唇有各种形容——哦，像水果糖，像果冻，像柔软的棉花，而樱桃小口，是说女人的唇像樱桃一样小巧芬芳吧？

女人爱护自己的嘴唇，她用指腹蘸一点凡士林润唇膏，顺着唇部轮廓慢慢涂抹，乳膏就在双唇间融化成一层滋润的膜。她冲着镜子嘟嘟嘴，又弯起嘴角笑，她闻到自己唇部散发出来的玫瑰香味儿。

凡士林润唇膏没有颜色——何必要颜色，一双唇自有它本来的红。

这样，接吻的时候才可以放心地去温柔厮磨；这样，含在他嘴里的才是柔软的唇瓣；这样，才不会“啃”得两个人半张脸都是口红。

当一双唇用来接吻，任何修饰的颜色都是多余。我们在一个深入绵长的吻里，捕捉爱抚彼此唇上的每一条细纹，我们试着用吮吸的唇去表达那些难以表达的爱，这个时候，所有刻意的颜色都该擦掉。

在某一个干燥多风的冬天，嘴唇干裂，所以涂上了润唇膏。而后来，你是否还记得那一个吻？

那时我们第一次知道，不是感冒发烧，双唇也会滚烫；就算身体大脑都健康，也会一瞬间恍若空白虚脱——全是因为那一个吻。

从此我们懂得了爱情，懂得了一双柔润的唇就是为了等待那样一个吻。

# 快门抓住时光

“咔嚓”，是按动快门的声音。

按快门和眨眼睛差不多，也许不到一秒钟，心脏还来不及跳动一下，一切仿佛没有改变。

然而，肉眼中的光景转瞬即逝，按下的快门却记住了某一瞬的情景，凝固在胶片上，黑白或彩色，放在抽屉、信封或相框里。

从此，时间兀自流动，树木枯朽，房屋倒塌重建，道路拓宽，年轻的脸皱纹遍布。一切都发生了改变，只有“咔嚓”一声留下的相片，保持原样，只轻微泛了一点儿黄。

一部相机，一双手，轻巧按动快门，就抓住了那些疾驰的叫作时间的东西。

老牌华夏相机，你有没有用过？也许，你已经想不起这个名字。也许，在某一间陈旧的酒吧里，你会看见它摆在某个角落，银黑相间的机身，斑驳而落寞，像一只孤独的大眼睛默默望着灯红酒绿的一切。

太久了，太旧了，留到现在的一部华夏相机可能已经丧失了拍照功能，可是它仍然专注凝望着这个世界。

年少时，最喜欢拍照，喜欢挤着一脸笑等待那一声“咔嚓”。

印象中总有一个特别暖热的春天，耳鬓厮磨的风，阳光下的曲曲菜开着艳黄的小花，榆钱儿厚厚地串满枝条，年少的姑娘黑发如瀑，笑声随风传出很远很远。

一部相机悄悄地记录这一切，镜头里，漫野的桃树林霎时粉红，苹果在墨绿的枝叶间散发甜香，太阳又大又亮又温柔，让大地反射黄色的光。

镜头里的姑娘，迫不及待地成长。

“咔嚓”，定格，冲洗，暗房里格格相连的胶片是相机的记忆。

一直觉得胶片相机是有感情的相机，胶卷是它的大脑，关于爱情、人生以及变幻莫测的一切，闪回似的影印在咖啡色胶片上，

一张又一张，交错闪现的影像，和我们大脑中浮现画面的方式最为相似。

一张老照片是打开记忆阀门的钥匙，就算物是人非沧海桑田，当看到照片上的曾经，还是会一下子跌进往事中。

或许，泪流满面。

据说人在临终前一刻，一生经历会像幻灯片一样在脑海中重放。也许人的每一次眨眼，就像拍照，自动储存在大脑里，你以为的忽略或遗忘，到最后，全部归还。

有首歌唱道，“关了灯，关了窗，关不住的是眼眶。”眼睛，是我们终身携带的相机。

華夏 822
1:2 f=40mm
HUAXIA

# 老照片的淡淡牵挂

年纪越大，积攒的老照片越多。老照片搁置得越久，泛黄褪色越明显，就像那些遥远的时光在回忆中慢慢淡化。

现在还使用胶片机拍照的人，一定是有怀旧情结的摄影玩家。

我曾把数码相机的照片打印了一堆送给爸妈，只有他们那一代人还觉得，能捏在手里摩挲端详的照片，感觉才确凿。

硬盘里的数码照，永远不会泛黄褪色，如果你喜欢，还可以用修图技术使它们更加好看。

老照片却需要一个实实在在的空间安放，相册、柜子、抽屉……歌里唱，“那些发黄的老照片，你是否还藏在箱子底下，偶尔的梦里，是否还有淡淡的牵挂？”

当年时髦的乐凯胶卷，如今已被遗忘。当年照片里的人呢？

老照片里的人总是年轻。

有一张上面是一个瘦弱的小姑娘，梳着两个羊角辫，穿着水粉色带花边的连衣裙，歪着头，大咧着嘴笑，笑得眼睛眯成一条缝，那两颗门牙还没长出来。

还有一张是一个仍然瘦弱的大姑娘，穿着T恤牛仔裤，烫着爆炸头，脸上手上沾满蛋糕奶油，她还是那么大咧着嘴笑，笑得弯下腰用手捂住肚子。

朋友用一个长假的时间，把所有老照片扫描进电脑硬盘。

黑白照和彩照，连在一起是一部长达数年的电影，这电影仍处在拍摄阶段，结局仍是问号。

然而，喜怒哀乐悲欢离合的主流桥段已适时演过，最佳配角和最差配角都纷纷登台，跑龙套的也都认真负责，车水马龙或荒山野岭都真情实貌地做着背景。

有的时间流走，有的时间定格，走走停停，便都成为过往。

翻看老照片，总忍不住讪笑，“瞧那时的傻样儿！”

年纪再大些，就忍不住惆怅，“瞧那时多年轻！”

美好的年华渐渐逝去，那些牵动心神的相爱与别离，在老照片上重又完

乐凯
彩色
COLOR

整聚合，如果就此定格，没有未来种种，这也许是最好的结局吧？

可是有太多后来，我们各奔东西，我们面目全非，只留给对方一沓沓老照片。

人生像一筒胶卷，一分一秒地曝光，有回忆压在心底，也有故事从头开始。时间已过去多久？时间还将过去多久？

# 迷人的声音

当年的录音机和现在的iPhone手机一样流行，所以，家里的磁带能塞满一格格书架和抽屉。

高兴时，放一盘劲爆舞曲，自己躲在屋子里像抽风似的甩头扭腰；忧郁时，放一盘悲伤情歌，托腮呆望天花板作多情少女状。

无数个日子，按下播放键，磁头转动，藏在磁带里的声音变成立体的小水花，飘升起来，飞进耳朵。

虽然录音机有消除键，能把听过的磁带删成空白带，可谁又舍得废掉一盘花银子买来的灌制磁带？想使用录音功能，就用专门的录音磁带。

记得那时影视剧中关于录音磁带的桥段有惊险也有浪漫。

有侦探以微型录音机神不知鬼不觉地录下坏人的犯罪证据，在其将要逃脱之际一举扳倒，呈堂证供让他垂头丧气。那盒小小的录音磁带只有一

B
NR ON
OFF
四海一族
B
Hi Fi Quality! Sound
AQ
60
NORMAL POSITION

块方糖大小，哇，真是高科技。

有深情男人录一盘缠绵情话的录音带寄给情人，磁带里流淌而出的每一句思念、每一声叹息、每一个停顿，都变成他情深意切的模样，这告白比情书更有力，让女主角落泪，投奔他的怀抱。

第一次录音，觉得神奇又怪异，听自己的声音从录音机传出来，怎么都觉得是另一个人。

也曾翻录别人磁带上的流行歌，虽然音质逊色许多，但因为省钱又便捷，还是让贪小便宜的人乐此不疲。

青春少年们在一盒盒空白磁带上录下点点滴滴，有嬉闹欢笑，有英语单词，有弹弹唱唱，也有一些不明所以的话语。

心爱的人，想把他的声音打包存档，用以慰藉离别时的想念。“迷人的声音，迷人的声音加点放任，不知不觉到夜深”，录音磁带重复播放，像他的喃喃细语，仿佛“不知不觉吻着抱紧，一刹已无憾”。

现在录音，只要一款软件，可是，谁还想要录音？思念来不及累积，连接网络，对方的容貌声音便一览无余。

那些磁带，那些打算一生一世打包留存的声音，隔着时间的水流，还在紧紧抓住磁带上的痕迹，希望有一天被放进录音机。

按下播放键，磁头转动，像一双张望的眼睛，开始向人诉说。

~

# 一双温柔手

据说，女人的手是她的第二张脸。所以男人喜欢一个女人，光看她的容颜还不够，一定要牵起她的手。

女人的手，灵巧白嫩最好。

伸出一根手指，指尖在男人胸口轻轻地画圈；或者展开五指，温柔抚摸他宽阔的后背，或爱惜地摩挲他的头发——那都是爱的表示。

“指点楼南玩新月，玉钩素手两纤纤”，是女人的手，白皙纤细得像月牙儿一样。

“背立盈盈故作羞，手挪梅蕊打肩头”，是女人的手，撒娇卖萌全是因了一场小女人的爱恋。

女人拥有第一瓶面霜的同时，也一定拥有了一瓶手霜。

一双勤劳的女人手，要梳洗打扮，要扫地擦桌，要洗菜淘米，要熨平心爱男人的衣物，要抱起胖嘟嘟的婴孩。琐碎忙碌之余，那双手也需要好好爱护。

手牌尿素霜好像就是为了心疼女

手牌®
尿素霜
50g
护肤、防裂、抗皱等
(2000)卫妆准字06-XK-0027号
上海

人操劳的手而诞生的。干冷的冬天，起皮皴裂的手，涂上它，就柔软了许多。

女人越来越在乎自己的手，做家务要戴上手套，或者，干脆不做家务。

每次洗完手，都要涂手霜，十指交缠搓揉，直到变得葱白，摸上去，滑嫩得几乎要抓不住。

男人也越来越在乎女人的手，相视而坐时，他观察那双手的皮肤是否细嫩，指甲是否好好修剪，是紧张地交握着还是放松地舒展着。

在对话开始之前，他借此了解女人。

热恋时，女人脸上光彩照人，一双小手也显得格外娇滴滴。她晚上坐在镜子前，涂手霜的时候也能走神，自顾自笑起来。男人握着她的手，大手把小手包裹其中，然后去体验一切关于爱情的喜怒哀乐。

情到浓时，女人有一双温柔手，挽住男人的臂膀，勾住男人的脖子，她把手放心地交给他。情到冷时，女人也会有一双绝情手，甩开了，就再也不回头。

一瓶手霜在镜台上，用完了，又马上换新的。一张女人脸，老去了，却再也不能焕然一新。生活是如此的不易察觉，我们曾经伸出手，想拥有一切，最后，只能攥住自己的掌纹。

一瓶手霜，也许记得掌纹里的每一个故事。

一双手，从牵着父母的手，到牵着爱人的手，到牵着孩子的手，一路过来，也就越变越温柔。

## 浓香也诱人

话说，八月桂花香。秋日至，万木萧疏，花团枯败，一片寂寞中，桂花开了。

有词曰，“气萧爽，一年好处，桂花时节，香压群芳妙绝。”

那是迫不及待的浓香，仿佛要在人眼中氤氲浮动。香气从小小的花蕊中飘飞出来，浓得要你侧目，浓得要你惊诧。

香海的桂花香水，走的不是小清新路线。从小巧的玻璃瓶身中倒出一滴，也是浓郁的香，涂在手腕、耳垂或颈窝，一刹那，香味儿馥郁蹿跃，似一簇桂花在秋日骄阳下恣肆开放。

而渐渐地，招摇的香又变成温软的甜，渗透身体及衣物，渗透乌黑的发梢，大概能一连几天恋恋不散。那种甜，是嫣然一笑，是绿叶掩映的花瓣淡黄浅橘。

～

电影有《闻香识女人》，桂花香这一款，会是个怎样的女人？旧日的青春美女，旗袍勾身，细眉轻挑，粉白脸藏在一张团扇后，要怎样让心爱的人儿动心？

一缕浓浓的桂花香送着眼波飞旋而出，他的鼻子比眼睛更先一步获得信息。

昨日的青春美女，奔放不羁，热情似火，每一颗爆炸头里都住着一个妖冶的灵魂，唇色要血红，桂花香水要浓得令你当场一怔——嘿，她是多么夸张地打扮自己，如野花招摇。

今日的青春美女，依然迷恋化妆台上的某一瓶香水，这浓得有些笨拙的桂花香，喷洒在一段青葱岁月中，勾勒出那些美丽的眉眼和甜美的笑。

香水诱惑，女人没喷它出门，就感觉少穿了一件衣服。

看过一个女明星的采访，她说每到一个地方，都要买香水，家里一面墙摆得像货架，都是香水。

那么多香水，那么多香味，你是喜新厌旧还是专情如一？香水专柜前的女人总是眼神迷离。

有时，迷恋一种香味是因为它牵扯着一些回忆，像阳光下繁茂盛开的桂花树，谁的童年曾在那片芳香的阴凉里欢乐度过？

桂花香水的瓶身上写着，“一季缤纷花彩，四季花香漫溢，花香花姿花海，充满你我情意。”那单纯的浓香，让人长发一甩，追随着。秋日阳光炽热，每一个桂花骨朵绽开，都有一丝冲动的香气缠绕住你。

让这日子不再平淡吧，我还想要一瓶桂花香水。

~

# 热血少年

蓝与白，可以是最清新的颜色。

蓝天白云，阳光和拥抱一样温暖，吹过脸庞的风都像初吻。有朋友把新家也装修成蓝白两色，因为那是“地中海style”。

蓝与白，也可以是最热烈的颜色。

一件海魂衫，蓝白条纹，就是一场热血青春。一茬少年穿着它，呼喊得嗓子嘶哑，奔跑得满头大汗，手指在吉他上弹出老茧，也弹开姑娘的衣扣。

那几乎是一种梦的颜色，蓝白相间里，是少年滚烫的身体，和狠狠撞击着胸膛的心跳。

当年穿海魂衫的少年，今天变成了中年，西装革履，说出的每一句话，都圆滑得无懈可击。然而，如果他看到新一茬少年装模作样地穿着海魂衫玩怀旧，仍会涌起一股愤懑。

小屁孩！

他们穿着海魂衫，唱着Hip Hop，智能手机噼啪乱拍，脸蛋儿鲜嫩得像精心栽培的植物，比起不插电，更热爱电子乐。

如今世故沉稳的“老家伙”，曾经也是热血少年，他一定有一件海魂衫。

穿起来，就是时髦，走在泥土地上也能引吭高歌；穿起来，就是勇猛，赤手空拳也要战斗；穿起来，就是江湖，搪瓷缸子二锅头称兄道弟。

穿起来，也是情种，在大风里、烟尘里、饥饿里、青砖老屋里，紧紧抱着心爱的姑娘，为她吟诗，为她说出不顾生死的话，为她化成一摊稀泥。

不说“我爱你”，而说“我这条命是你的，拿去”。

姑娘的爱，像隆冬的火炉，烧得他胸膛发红，额头沁汗，他脱下海魂衫，身体单薄坚硬。也许，他后来爱上了别人，但是他的身体，再不会这般火热。

他彻夜苦练吉他；他把一本旧书翻得更旧；他摇滚如一头吼叫的野兽；他把海魂衫脱了，跳进一场狂妄的幻想里。

于是，亲爱的少年，他长大了，变老了。

他仿佛遗忘了一切，狡猾得像一条在时间里穿梭的鱼，熟练地吞下那些鲜美的饵，然后吐出漂亮的，让人迷惑的气泡。

他那件破旧的海魂衫，可能还藏在衣柜某个角落，他的故事，却再不轻易说给你听。除非他喝多了，恍惚间忘了今夕何夕，才会在人声嘈杂里，慢慢说起第一句。

霎时，斗转星移，烈日当头浇下，穿海魂衫的少年飞驰如电。

# 骑过时光

假如一个巨大繁华的现代城市，忽然间变为一个模型，那么，你抽掉它纵横交错的高速路，移开那些高耸的摩天大楼，给河流湖泊再注入一些水，同时闭起眼睛，撒下很多很多的绿树青草。

这样它大概就变回了三十年前的模样。那时，它大街小巷里往来穿梭的交通工具不是汽车、摩托车或电动车，而是凤凰牌自行车。

一辆凤凰牌自行车，曾经是中国人眼中一个“高大上”的交通工具。小伙子骑一辆崭新的凤凰自行车，显得格外精神，姑娘们都忍不住多看他几眼。

结婚时，新娘的嫁妆里如果有一辆凤凰自行车，那真是太时髦了。

年轻人谈恋爱，男孩骑着凤凰自行车，女孩穿着花裙子坐在后座上。两个自行车轮轧过那些青砖小巷、河畔柳荫、露天电影院、小食店……她揽住了他的腰。

人们骑上自行车，充满活力，仿佛永远不知疲倦。

男青年骑自行车去郊外游玩，往返十几公里是小Case。他们热衷于在崎岖的路上猛踩脚蹬，让身下的钢铁车架像野马一样向前方飞驰。

他们吹口哨，大声呼喊，一鼓作气骑上高坡，又箭一样俯冲而下。自行车左右摇晃，他们还得意地举起双手作飞翔状，以此证明自己车技高超。

他们把自行车骑得又快又远，沉醉在这种新的出行方式里。有人曾骑自行车走了四十公里，只为了看一座新建成的桥。

那时，七八岁的小孩学自行车，个头儿还不如二十八寸自行车的车把高，但是不怕——那时谁也不怕，像一只小猴子耍杂技般爬上车座，两条小短腿儿努力伸长，用脚尖拨转脚蹬，自行车就歪歪扭扭向前走去。

当然也挨摔，挨很多次摔，摔得

鼻青脸肿流鼻血，但是不怕，爬起来拍拍身上的土，使出全身力气把自行车扶起来，继续练习。

那些小孩，后来都变成了大人。那些男青年，后来都变成了中年大叔。那些坐在自行车后座的美丽姑娘，后来都变成了“孩儿他妈”。那些自行车轧过的路，都已变了模样。

还记得那时的生猛气焰吗？还记得那时把自行车往地上一扔就挥舞的拳头吗？还记得那时迷恋的姑娘吗？还记得那时骑自行车在她家门口来回无数趟只为制造一次偶遇吗？

一辆凤凰自行车骑过，车轮下是一代人热浪滚滚的青春。

城市不是模型，一切都无法回到原来。现代城市中，还有人骑着自行车，真想问问他，你是否还有当年一样的激情？

戴春林
香饼

# 人面桃花相映红

那一定是北方的阳春三月。

土地松软，阳光温柔，一望无际的桃树林，在某一刻，轰然变幻成一片艳丽粉红。

桃花的红，妖娆鲜美，勾起人心中所有的暧昧思绪，那种放肆的粉红仿佛带着温度，置身其中，脸会微微地发烫。

桃花，让人想到少女，粉嫩的脸庞白里透红，水汪汪的桃花眼暗含风情。

最美好的青春年华里，她像一朵桃花娇立枝头，迎着暖暖的风，裙角飞扬，笑语嫣然。那张粉红的诱人脸庞，曾流连在多少男人的梦里？

她是他们的梦中情人，令他们生平第一次醉倒在粉红里，令他们写诗、忧愁、相思满怀。

戴春林的水粉膏，也叫桃花水粉，在女人的脸上散发淡淡香味，那是埋在她心里一个粉红的秘密。

少女第一次对着镜子，捏着粉扑，在脸上细细地涂一层水粉，水粉和年轻的皮肤一样细腻，镜中的脸蛋儿粉嫩，隐约透着一种光。

那一刻，她知道了自己的美，她开始爱美。

粉饰过的脸，拥有了时髦的白皙，画两条细眉，轻点朱唇，就变出了一个美人。她走进别人眼里，像一枝桃花，春色正好，粉色正浓。

最好的时光里，谁都逃不过一场恋爱。

某一瞬，她在心爱的男人面前，含羞如苞，他凝望她，她的脸就轻轻地泛起一层粉红。

某一瞬，她沉醉在那些疯狂的情话与浪漫里，心驰神往，他吻她的脸，嘴唇也沾了一层水粉香。

某一瞬，她的温柔梦醒，他伤害她，他变成另一个人，她的泪珠儿打湿脸上的水粉，像三月的桃花淋上第一场春雨。

爱情像一场短暂的春天，我们像花苞一样躁动不安，被某一个眼神或笑容勾引，就在枝头快乐开放。为此，后来所有的凋零与孤独，我们都甘心咽下。

可是，就算拥有世界上最好的水粉，就算它有一个那么美好的名字“桃花水粉”，又怎样？

青春、桃花或热恋，从来都是季节性产物。一张脸，从粉嫩到衰老；一朵花，从盛开到枯萎。时光流淌，瓷瓶里的水粉，是女人给自己的安慰，也是女人给自己的一个梦。

梦醒时，我们不再拥有青春容颜，曾经如桃花一样的粉红少女，终于有了沧桑的脸与目光。

然而每一个春天，还是会看见桃花，在一些温暖的刹那，漫山遍野疯了似的粉红。那片粉红在她眼中燃烧，脸还是会微微发烫。

她的梳妆台上，还是留着一瓶桃花水粉膏。

# 调情胭脂

姑娘脸上的红晕，最是勾魂。

千年前，欧阳修见到娇俏少女，写了《玉楼春》，“金雀双鬟年纪小，学画蛾眉红淡扫；尽人言语尽人怜，不解此情惟解笑。”

少女的脸，玲珑剔透，扫一层薄薄的红粉胭脂，便攫住男人的心神。

百年前，金大舆春游也见到了水灵灵的少女，写了《白下春游曲七首》，“凤凰台上草如烟，两两红妆娇可怜；笑折桃花翻彩袖，醉攀杨柳落金钿。”

不谙世事的少女，娇嫩可人，天真烂漫地笑闹着，全不知男人的花花心思。

胭脂，粉若桃花，染在姑娘白嫩的脸上。这样的红，似雾，捉摸不定；似雨，湿润撩人。

那便是妩媚，让他想伸手爱抚；便是柔情，让她倚着窗棂思着春；便是勾引，耳畔发丝几缕，身上罗纱轻遮，轻微扭动，看得人心痒难耐，莫不想为她死一场。

当姑娘开始涂胭脂，她就知晓了美，懂得了风情。

爱情往往在这个时刻发生。她对着别人笑，却是笑给他看；他对着别人说话，却是说给她听。他们绕开彼此，却又靠近彼此，不声不响，却藏着满腹情话。

每一天，涂上那抹胭脂，她总想，走出门去，会不会遇见他？也许他就真的走近眼前，天色迷蒙，喧嚣沉寂，思念如雨将他们淋透。

什么也不需要说，只需要一个吻。

颤抖的，慌乱的，滚烫的，绵软的——吻。所有未说出口的话，变成肢体语言，唇齿的每一下碰触，都是在诉说着，我何时爱上你，你又怎样爱着我。

胭脂红里，透着另一种红，是她的脸红，随着她闭起的双眼，潮水般慢慢泛上来，他发现了，便用手心轻轻捧住。

情歌唱，“是日落令我的脸红，对不起我这心早失控，容许我，如个梦，迷迷糊糊站着亦像在摇动……”

那是她和他的心，是脸上的胭脂红，是无法掩藏的思念。

时光流淌了千百年，胭脂仍是风情万种，姑娘用柔软的指腹沾蘸，轻轻涂上脸庞，淡淡的、暧昧的红，仿如一阵春风吹过。

千百年后，姑娘潇洒独立，再不会涂了胭脂，任人调情。

只有她真的爱上一个人，温柔破壳而出，胭脂扫红双颊，滚滚红尘中望着他，脸红心跳。

胭脂

新包装
净含量：50克
紫羅蘭®
沉香粉

## 一缕粉香动人心

味道是一种记忆。

我们记得妈妈胸口的味道；我们记得橘子汽水打开瓶盖那一瞬间的味道；我们记得草芽钻出地面时的味道；我们记得某一天，心爱的他微笑着慢慢走近，身上所散发的味道。

萦绕在记忆中难以散去的味道，是爱情的味道。

她穿着一条棉布连衣裙，梳着马尾，一张清淡的脸。当她的身影出现在他的视线中，太阳变得更暖，星星变得更亮，身边的风变得更柔软。

她身上隐约浮动着一缕香气，像一小撮紫罗兰在春天里悄悄开放，渗出甜味儿。她白皙的皮肤仿佛可以反光，映出一个男孩年少的脸，红扑扑的。

久远的回忆里，银幕上的红粉佳人，所用的护肤术也简单朴素，一盒紫罗兰沉香粉就能让皮肤白嫩细滑，让一张脸笑得人面桃花。

老电影的镜头里，某一位细眉红唇的美艳女郎，登台演出前，在化妆镜前用一只大而蓬松的棉扑蘸香粉涂在脸上身上，灯光如钻石般发亮，她的眼神是动人的忧郁。

现代的时尚节目则告诉女人，如果晚上去赴一个男人的约，一定不要忘了在全身都涂上香粉，包括头发，这样当一束灯光从头顶照下，你的头发才能充满光泽。

曾经，我们多么喜欢那些味道。

他在阳光下奔跑，发梢坠着汗珠儿，身上有一股湿润的汗味。他拉着我的手，白衬衣一尘不染，倚在他肩头，便闻到一种肥皂香。

她像一阵风从身旁旋过，携来一缕忽明忽暗的香气，胳膊不经意地碰到我，肌肤滑得像涂过蜡。她望着我，脸上有细细的粉粒在闪烁，一些誓言从双唇中吐露，以为这一生都不会忘却。

我们一直善于用气味去记忆一个人，比如一缕紫罗兰的粉香。不论时间过去了多久，只要再一次闻到那缕香气，眼前就能浮现出那身影，仍然是青春的模样，她笑着问他，一个关于未来的甜蜜问题。

我知道，有一天我们会老去，味觉衰退，回忆变成一团糨糊，可是忘不了，一缕美妙的香气沁入心中的感觉，一想到这儿，就算我在流泪，也会微笑。

# 随身携带的小花园

“玉容未近，香气袭人”，说的是谢馥春的香包。

一只鲜艳柔软的小小布包，持久地散发着香气，令一个女人有了氤氲的感觉。它是女人的私物，搁在她皮包的一角，或者贴身的某个地方，浸透她的体温，散发出来的香味也便有了她独特的私人气息。

更喜欢叫它香囊，精巧得可以握在手心里，香气丝丝缕缕，仿佛一个女人动情时流露的眼波。

旧时的风月美人，也许都有一只钟爱的香囊，藏在她的玲珑曲线中，只有遇见最心爱的男人，她才一片深情相许，从怀中摸出那只香囊，放在他宽大厚实的手掌里。

那是一句无声的承诺，那是她与他的秘密，那是属于他们的定情信物。

光彩夺目的现代女人，随身揣一只香囊也是时髦之举。

她是高高写字楼里的优雅小姐，与男人们比肩而立，创造着属于自己的生活。她有着强悍的精神，但是，一只随身携带的香囊透露了她女性温柔的一面。

那是桂花香、檀香、玫瑰香或薰衣草香，在她强大的气场下轻轻地散发着温暖的香味，也许只是一瞬间，就让某个男人爱上了她。

人类对香味有着难以割舍的迷恋，美食的香味，花朵的香味，雨后泥土的香味，妈妈怀抱的香味，香囊的香味……有时因为一缕香味，我们记住一个地方或一个人。香味历经许多岁月，还会萦绕在脑海中，一想起来，就仿佛又嗅到了某缕似曾相识的香味。

男人送花给女人，她总要低头闻一闻花香；爱人

香包

睡过的被窝，残留着她的体香；“夜深私语口脂香”，是情到浓时大脑自动感受到的一种香，热恋的情侣耳鬓厮磨中，唇齿都是香的。

一只香囊，是随身携带的一个小花园，无论春夏秋冬，它都在角落里默默地温暖地散发着香味。

多少寂寞，多少情动，多少平淡或激情的日子，香囊的香一直安慰着某个人的嗅觉，恍惚间，坠入春暖花开，一切便又充满了希望。

还是喜欢叫它香囊，女人柔软的心爱之物，它的香味，陪她走过四季，走过一生，映衬着她的容颜。

在她变成一个满头白发的老太太时，香囊还是一如既往的鲜艳芬芳，像她的青春之花无形地再次盛开。

这一生，希望遇见一份爱情，深沉猛烈的爱情，这样就可以把贴身的香囊藏入他怀中。情深至此，不必说我爱你。

# 香膏美人

香膏的盒子上写着一句，“回眸顾盼留春秋”。

这软绵绵的目光一定属于旧时美人——细眉长描，媚丝丝的丹凤眼，朱唇一点，两颊绯红，头发烫成乌黑油亮的卷儿，一身旗袍紧箍住蛇一般的身段——

哦，那若不经意的回眸顾盼，岂止是留住了春秋，明明是让人忘却了春秋。

新时代的女人圈里，正刮着一股复古风，旧时风月，风情美人，又借着一双双二十一世纪里敲打电脑键盘的手渗入身体发肤，暗暗地还了魂。

她们重新穿上大伞裙、T字带高跟鞋，戴上丝绒长手套，一头蓬松如云的大波浪鬈发，加上艳红慑人的唇。她们用兰花指夹着细长的烟嘴儿，重新温习《乱世佳人》和《罗马假日》，看玛丽莲·梦露的传记，捕捉旧日里的每一丝美感。

她们手腕颈窝涂上香膏，隐约飘忽的香气像微微眯起的眼神，气如幽兰，勾引着花花世界的男人，让他乱了心思。

所以要用老上海的相约香膏，因为它本身就是一个老故事，一段旧的见证。

包装上那些粉嫩的古典美人，娇滴滴的姿态；拧开盒子，那缕柔柔软软飘进鼻孔的香气，惹得人一阵恍惚，仿佛时光闪回，老上海的车水马龙里，霓虹灯映红女人脸，阁楼里咿咿呀呀地唱着，“天涯呀，海角，觅呀觅知音……”

流行歌里也会深情款款地唱，“当花瓣离开花朵，暗香残留……”女人的香膏，也是那样暗不惊人的香，氤氲缭绕的香。

男人要紧挨她坐着，细细地端详她一会儿，那缕香气才会撩拨他的心，令知觉陷入沉醉，于是他握住她的手，就有了情话连篇的勇气。

或者，是一场步履匆忙的擦身而过，那缕香气飞旋着拂过男人的脸，让他一下子怔忡在当地，回头寻望她的身影，想伸手抓住那些瞬间挥散无踪

回眸顾盼
留春秋。
花样年华
上海香约礼盒
香约
Shanghai moon

的香——模糊不清的香，也许会让他记忆许久。

男人爱一个女人，会记得她身上独有的香，双人床上她睡过的地方，香气就留在那里生根发芽，用手摸过，就能摸出她的形状。

只是，他是否记得她常用的那一款香膏？就算他自诩时尚，能闻出香奈儿五号或迪奥小姐，可是，他是否记得她常用的那一款香膏？

也许，是一个伤感的爱情故事——一个用香膏的女人，轻盈温柔，却爱上一个喜欢浓郁名牌香水味儿的男人；后来，他们分了手。

她，失恋的眼泪也带着淡淡的香。

## 眼角眉梢的一线风情

真正的美人，总是拥有与众不同的目光，眼波流转的一霎，诱惑就从眼神里飞出来，令看她的人入了迷，魂儿也被勾出来。

爱情里的电光石火，或者一生难忘的动情画面，常与眼波有关。

“相见嫣然一笑，眼波先入郎怀。”就算是铁打的汉子，也在这娇滴滴的眼波里化出一腔柔情。

“眼波偷送，笑把花枝弄……春情动，殢人娇纵。”哎呀，这不仅娇滴滴，还从骨子里露出了性感，惹得古代的某位文艺男青年痴心一片，奋笔疾诗。

眼睛是心灵的窗户，它导电传热，会说一种无声无息的语言。要是没有眼波，就会“一早见过，但直行直过，只差一个眼波，将彼此错过”。

所以女人那么在意自己的双眼。

她把一支细细软软的眼线液像一条黑丝线一样画在眼睑上，极

美人鱼®
Eyeliner
精装眼线液

轻巧地移动手腕。不能急，要画得每一根睫毛都像从黑丝线上长出来，要画得一对瞳仁霎时间有了神采，要画得那双眼睛黑白分明——让人忍不住想要往更深处看，想要在那眼神忽闪间，琢磨她的心思。

只是，谁也抓不住眼神。

纤细的眼线液刷头一扫，她的眼神就飞射而出，有时灵活得像无论如何也抓不住的反光点，有时又慵懒欲睡，有时却冷艳得让人不敢再朝她迈近一步。

这种感觉，就像眼线液的名字——“美人鱼”，是水波浮动中忽然出现的诱惑，“倏”一下又消失无影，只留下一朵引人遐想的泡沫。

戏台上的花旦水袖一甩，瓷白的脸上浓浓的黑色眼线飞扬。她咿咿呀呀地唱，凌波微步，眼角眉梢的风情就飘到台下，掌声如波浪涌向她。

青春好时光里，也曾试着用这黑得令人惊讶的眼线液改造自己的眼睛。从眼头至眼尾，“唰”，浓墨重彩的一笔，青涩的脸忽然就有了点儿老练的味道。

不知道为什么，越是年少，下手就越重，连本该精细的眼线，也要画得又粗又长，眼看着一张脸就变得张牙舞爪。

那时，还是不懂吧，不能领悟一支眼线液的妙处。它要的是若有似无地来上那么一笔，在眼睛的边沿轻巧地染过，旁若无人地从眼角轻舞飞扬——

眼波活了，眼神媚了，眼角眉梢的一线风情就卷起了珠帘。

~

# 睫毛在跳舞

记忆中拥有的第一件化妆品，就是查名一猫的睫毛膏。

青春期的女生，还不太懂得打扮自己，她可能穿着紧勒的露脐短衫或者二十多厘米的松糕鞋，把眼睛画得乌黑，时常躁动尖叫。

但是，一支睫毛膏，会让她安静下来。

她对着镜子抬高眼皮，年轻的脸，眼角紧绷，她用睫毛膏的刷头小心翼翼地刷过每一根睫毛，一遍又一遍，睫毛变得又黑又翘，令她神采飞扬。

那时学校里有一个女生，眼睛很大，睫毛又长又密，眨动时，像两把黑色小扇子。

所有的男生都喜欢她。她睫毛低垂，让他们心生温柔；她睫毛忽闪，又让他们心跳加速。有男生对她表白，“我的梦里全是你。”她高傲地扭开脸，长睫毛在空中划出一个弧线。

周围那些平凡的女生，多希望自己也能拥有漂亮的睫毛和男生的爱慕，而年轻的心敏感脆弱，总轻易地认定自己是一只丑小鸭。

后来，我们是不是都变成了美丽的姑娘？至少，我们学会了用一支睫毛膏让眼睛变得更美丽。

那些日子，总是招摇，尽力尝试着想象中的爱情与冒险，未来仿佛永远不会到来，我们在大地上用力蹦跳，砸出一个个坑。

回忆起来，还能想起那些晕头转向的甜蜜。某些深情的注视与诺言，让一双睫毛兴奋跳跃，女孩手心发烫，男孩瘦弱的胸膛里发出擂鼓一样的心跳声。

还能想起那些迎头浇落的痛苦。眼泪浸湿睫毛，睫毛膏溶化了，在脸上变成一团黑雾。年轻的灵魂生满尖刺，刺伤别人，也刺伤自己。

女人的化妆包里永远有一支睫毛膏。

这样，她可以一边在洗手间刷睫毛，一边和闺密聊天；她可以把睫毛刷得又黑又长，然后出现在男人面前，送他一个更明显的、含情脉脉的眼神。

刷了睫毛膏的眼睛，更有了“眼帘”的感觉。一场浪漫爱情的开始，就是某个他无意中映入眼帘，那一刻，全世界拉起帷幕，只有他在发光。

也许，我们都想变成坚硬的人，刷上睫毛膏，挂起笑容，永远不再掉一滴泪。

一个女人失控哭泣时，就会有人说她，“停下吧，妆都哭花了。”睫毛膏脱落，变成一块块黑色渍迹。

可是，为什么不能哭？像少年那样肆无忌惮地哭，像《乱世佳人》里的郝思嘉那样哭一场，又开始盼望新的一天。

有一首歌唱，“睫毛在跳舞，孤独在欢呼。”——所有热烈背后，都藏着一些寂寞。

杳名一猫
Hi-tech waterproof mascara

# 你的眼神

化了妆的女孩，哭起来，会变成熊猫眼。

那通常不是因为失恋。

失恋的时候，她没心情化妆 小鼠一样缩在自己的单人房里，遍地是撕碎的纸、乱扔的鞋、空荡荡的蛋糕杯。她披着头发，素着脸，眼泪像珍珠，一串串顺着脸颊流下来。

那通常只是因为男生一时冷落，或者一句生硬的话。

她穿着鲜艳的裙子，脸上是化了三个小时的妆，笑起来，眉眼像彩虹一样飘扬。而眼泪，随着恼怒与伤心一起流出来，像雨淋在油画上，模糊混乱，露出的却是洁白底板。

年轻时，生活如一场盛夏，暴风骤雨，晴空烈日，轰烈的情绪忽来忽去，无论大哭或大笑，她的眼角都光滑如镜。

时间过得很慢，但当它开始加快速度时，你已经措手不及。

那是你在镜子里，第一次发现眼角的细纹。它仿佛是一夜之间突然爬出来的，轻轻印在眼角，抹不平，擦不掉，比爱情更深刻，比回忆更明显。

最初的一刹那，是惊愕。后来，变成习惯。

从这一天开始，她的化妆台上，不再只是香粉彩妆，而是多了一瓶眼霜。

新面孔金眼霜，总让人产生一种错觉：涂上之后，真能让一张脸焕然如新生。金色小胶囊，挤在指腹，柔滑得好像触摸十八岁的笑。

也许还要更久一些，她眼角有了第二条皱纹。

她终于不再迷信爱情可以代替一切，不再迷信夸张而热烈的誓言，不再迷信凭着一脸天真笑容就可以获得爱护。当然，也不再迷信一瓶眼霜可以让人重返青春。

她仍然喜欢眼霜，喜欢那种在眼周轻轻按摩，眼霜漫漫渗入皮肤的滋润感觉，像一场关于自己的，秘而不宣的爱情。

在生活里摔打一场后，她才学会了温柔地对待自己，如情人一般。

她有了故事，但不必说给你听；她有了伤口，但不必求你安慰。她还是会哭，但不是在人群里，在浓妆艳抹里，在男人莫名的眼光里。她享受眼泪，和享受笑容一样。

一个女人，有了祛不掉的眼纹之后，才真正感觉出人生的丰富滋味。那就甩甩头，重新热爱一场。

流失的胶原蛋白，换来的是更动人的眼神。

NEWFACE
新面孔
金眼霜
(除皱 抗皱)
30 g

~

# 与头发有染

那姑娘年少时，风扯裙摆，阳光猛烈，晒热她一头干草似的乱发。

那男人年少时，目光如火，胸膛如铁，一头干燥的短发硬硬地扎在姑娘的颈窝，让她流下眼泪。

那时的日子，青春铿锵，人和头发一样毛糙，世界摇晃旋转，爱情破土而出。

总说头发可以反映一个人的性格。

发质细软的人，是天生的好脾气，温和如水，是绕指的柔。发质干硬的人，生性急躁火暴，倔得像头驴，再爱他，也要做好干架的准备。

也许，温柔或刚烈，都差了那么一点点润滑，差了一滴从掌心搓开的头油，涂过头发，那些不安或顽固地翘起的细小发丝就一瞬间服帖下来，透出光泽。

罗丽斯头油有浓郁的玫瑰香味儿，像夏日里开得最火热的那一朵玫瑰，从女人的发梢沾染到男人的衣领，有多少爱情故事就在

羅麗思®头油
玫瑰香型
上海碧丽化妆品有限公司

一个轻轻的依偎中，渐渐地变作了细水长流。

时髦小姐在发廊里做过的头发，一定散发着头油的独特光亮，每一根都有着艳丽柔软的曲线。她施施然摇摆腰肢走过街巷，走过一面斑驳的墙，走过晾衣绳或杂货铺，那股玫瑰香味儿飘散在空气里，迤逦一路，似乎满头的发卷都在抛媚眼。

头发长了短了，记录着一个人的点点滴滴。

那姑娘年少时，一大把乌黑的头发，像黑色的瀑布流淌肩头。一只玻璃瓶里的头油，只需几滴，涂过那把蓬松长发，黑色瀑布就闪起光，像最热烈的太阳照在上面。

她爱过一个头发自来卷的男生。在飞驰的摩托车后座上，她把半张脸埋进他的卷发里。一直到后来，一直到她的头发长了又短，短了又长，那辆一直飞驰的摩托车，扯碎那些玫瑰香味儿。

有人反感头油的油腻，那是因为用过了量。其实，几滴足够，轻微地沾染在头发间，香气隐约，像男女间的暧昧传情，是一种旁人都不易察觉的动心。

习惯了让头油润滑头发，十指穿过发丝，柔顺服帖，就像一并抚顺了内心那些躁动不安的念头。

一瓶头油总是不声不响地挤在一堆化妆品中间，等着一把洗过的头发。在风筒热乎乎喷吹后，挤几滴头油在掌心，涂开在头发上，细碎微小的油珠们就牢牢抓住每一根发丝。

一头长发瞬时垂顺，像即将要经历的、安分守己的一生。

# 一声哨响的甜蜜

谁知道，一个小小的不锈钢哨，能有那么大响声。

“嘟——嘟——”声音仿佛能穿透树木篱墙，穿透玻璃窗，把写字台上的作业课本“倏”地掀起一页。

说起来，这哨声真是熟悉。

它是小男孩们的玩具。一只哨子，拴绳挂在脖子上，他就立刻觉得自己拥有了特异功能。时时刻刻把那哨子叼在嘴里，各种忽长忽短的哨声随着他跑动的脚步穿街过巷，像在身后拖着一串长长的小蝌蚪一样的音符尾巴。

他生气了，狠狠地冲你吹一声哨子，表示警告；他得意了，铆足劲儿吹出一声尖叫，吓人一跳，他笑得东倒西歪。

中学时，每个早上都要跑操，天还没亮，操场上体育老师的哨声已划破长空。眼屎还来不及擦的我们成群结队地围着操场跑圈，“呼哧呼哧”，体育老师的哨声高亢，像一条无形的鞭子抽打着我们，“不要停！不许停！”

——天啊，他的肺活量怎么那么大！

总是时不时能听到哨声。

升入新班级，排座位，随着体育委员哨声的指挥，男生女生各站成一排，按个头儿大小，一对一对，男女搭配。

老师以为这样安排有助于减轻自习课同桌聊天的冲动。

他并不知道我们的“阴谋诡计”。男生组和女生组互相“眉来眼去”，为了和心爱的“女神”或“白马王子”排到一张课桌，队伍骚动着，我们都在计算各自合适的位置。

一声哨响，也关于某些萌芽的爱情。

女生在家里，听到一声哨响，她的心就“突突”地跳起来，她知道那是暗号，男生正在楼外某个角落，约她见面。

一开始，神不知鬼不觉，她说是去同学家做作业呀。然后，少年的脸欢笑着、泛红着，拉一下手或者说一些日后都不再记得的零碎话。后来，大人识破了他们的“表演”：一听见哨响就往外跑，能不起疑吗……

许多年少的爱情便是这样无疾而终。

一声哨响，多么熟悉，牵动起那么多快乐的片段。一只不锈钢哨，上面落着一只永远不飞走的蝴蝶，时隔多年，依然能吹出那样清亮的声响。

哨声仿佛在提醒我们回头看，看那一群莽撞少年，一路奔跑欢闹着，忽然间，就不知所终。

# 刀片刮出男人味儿

武侠江湖中，多见刃器，形容其锋利，说只见一道白光闪过，对手颈上不见一丝血迹便头断人亡。

好的刃器，削铁如泥，吹毛立断，刃薄且刚硬，散发冷冷的光，握在一位懂它的侠客手中，人刃合一，便能称霸天下。

然而，江湖遥远。身处太平盛世的男人，做不成侠客，贴身物件里的刃器，找来找去，只剩刀片。刀片一样锋利，它是男人最后的亲密战友。

其他，衣服鞋帽一应物品可以交由女人帮他置办，但是，刀片一定要自己买。

他已没有机会执一把虎头金刀杀出重围，仰天长啸一声——好快刀！他只希望有权力选一种顺手的好刀片——将刀片捏在手中，以拇指在刃上轻轻一划，即敏锐地感觉出是否合心意。

吉列的刀片一直深得人心，那

飞鹰
不锈钢刀片
飞鹰
不锈钢刀片

时，它家还没出电动剃须刀。男人刮胡子，小孩剃头发，找不着卷笔刀的学生削铅笔，女人给新买的衣服割扣眼儿，都用它。

很多男人，人生中第一次刮胡子，用的就是刀片剃须刀——照着镜子，战战兢兢地刮，不知道劲儿该怎么使，总是稀里糊涂地刮破了，有时出门来，腮边贴着胶布。

慢慢地长大，他才逐渐喜欢上刀片。用它刮胡子干净利落，刮出的下巴光洁明亮，使整个人看上去清清爽爽，忍不住立刻去见心爱的女孩——向她露出一个灿烂微笑——这次不要再说接吻时被胡子扎到脸了哦！

虽然现在盛行电动剃须刀，安全方便，可是，怎么好意思叫剃须“刀”？根本没刀片。

男人们人手一个电动剃须刀，实际上，在某个角落，始终留着几包正宗的吉列刀片。他与刀片的情感，秘而不宣，叫旁人猜不透。

某姑娘就在一次打扫卫生时，发现几包吉列刀片，包装纸已微微泛黄，想必许久未用。她见他从来都用电动剃须刀，就擅自把刀片当垃圾扔了。

他发现后，惊愕又愠怒——那是我特意留的啊，为什么扔？你不知道，那刀片有多好用，多好用……

仿佛，侠客丢了刃器。

哎，不早说。

作为女人，你知道我们多爱看男人用刀片剃须刀刮胡子吗？

他赤裸上身，下巴涂满泡沫，大手握一只剃须刀，眼神眯起，刀片缓缓地从上至下刮过，所经之处胡须褪净，露出独有的刚毅线条……天啊，多有男人味儿！

她早就想同他商量，能不能多买点儿吉列刀片呢。

## 海鸥飞处彩云飞

那时热播的一部琼瑶剧叫《海鸥飞处彩云飞》，剧中叫海鸥的女孩，一头乌黑的长发在海边随风飘飞，她慢慢地转过脸来，眼中流出两串泪珠。

那时关于美丽女人的全部想象，就来自剧中女主角那发丝纷乱中楚楚动人的一个回眸。

在那之前，这小孩儿讨厌洗头，每次被大人摁到洗脸盆前，她还在挣扎抗议，紧闭双眼拳头乱挥，一副痛苦模样。

大人说，“你要洗得干干净净香喷喷的才讨人喜欢呀！”——她？她才不要，她就喜欢爬墙上树跟一群捣蛋小子疯闹。

新
SEAGULL
ANTIDANDRUFF PASTE SHAMPOO
海鸥®
去屑洗发膏
含羊毛脂滋润配方
上海家化联合股份有限公司
净含量340g
合格

而在那个美丽的回眸之后，她突然某根神经被接通，懂得了爱美，立志要做一个琼瑶剧女主角一样的温柔女子。

她开始主动洗头，并再也不剪短头发。

一盒海鸥洗发膏，洗过的头发清爽顺滑，她对着镜子猛照，看自己有没有长出一点儿淑女形象。

每一个女孩，都是这样迷迷糊糊地踏入了青春期吧？好像有一双无形的手在拧紧身体里的顽皮阀门，同时输入许多胡思乱想的情绪。她就像具有了特异功能，总感觉到某个男生在背后悄悄注视着自己。

也许，第一次体会了脸红的滋味。

时间不动声色地流动，短头发悄悄生长，某一刻，风乍起，它们像一把黑色火焰在熊熊燃烧，一直烧到腰际。

在洗发用品尚未细致分类的时候，大都是一家人共用一盒海鸥洗发膏。老妈觉得用它洗的头发很光滑，老爸觉得它的去屑效果很好，我则喜欢用它洗完头之后睡一觉起来变得横七竖八的头发——哦，那很酷。

后来才有了那些洋气的品牌和广告，明星在电视上甩动漂亮的头发，诱惑着大众，仿佛用过那种洗发水以后我们也可以变成明星。

海鸥洗发膏不知不觉消失了声息，商店货架上一排排精装洗发水牢牢占据了大众的心。

好多年，一直用海鸥洗发膏，用它洗净那一大把疯长的头发，洗顺那些躁动的心情，洗滑那些辗转难眠的夜晚。

一年四季仿佛都陷进一种热烈氛围里，我们听流行歌、摇滚、校园民谣，我们在霓虹闪烁中把头发甩乱，我们迷恋浓艳的口红和咔咔作响的高跟鞋，我们模仿职业摩托车手加速转弯半边身体贴地“嗖”一声把自己甩出十几米，我们狠狠地谈情说爱……

那些时光，就像海鸥洗发膏在头上摩挲出一团团拥挤闪亮的泡沫。

# 帽檐上的世界

一顶厚实挺括的盛锡福呢子帽，让北方人觉得特别亲切。

那些北方的深秋，落叶遍地，冷风招摇，男人粗糙的脸被干燥的秋风吹得更加粗糙。二十八寸自行车的铃声穿街过巷，他头上，就戴着一顶深青色的盛锡福呢子帽。

那是我的北方，在每一个燥热夏天过后就蛮横地越来越冷的北方，干硬的树枝挂满白霜，窗玻璃蒙上一层浓浓的雾气。

早起上班的男人头上戴着帽子，在滚滚自行车流中，一只手攥着煎饼果子一只手扶着车把，帽檐被呼啸的北方吹歪，他卖力地蹬着脚蹬子。

傍晚的天空总是早早黑下去，黑色瞳孔一样的窗口忽然亮起温柔的黄光。男人裹着一身风尘钻进屋，大白菜已经在锅里炒出香味儿，小孩儿围着他蹦跳，他随手摘下帽子，帽子里藏着的一小撮体温挥散在屋里。

如果天气不是那么容易冷，北方人也许不会习惯戴帽子，可是一旦养成了习惯，就很难再改变。

印象中，我的爷爷戴帽子，爸爸戴帽子，邻居家的男人们也常常戴帽子——冬天是皮帽、毡帽、呢子帽或像赵本山那种简单的布帽，夏天则是草帽。

家里衣架上，总挂着一两顶帽子，那已成为亲情的一部分。

小时候，总喜欢像猴子一样爬上大人的肩头，忽然间就拥有了巨人的视角，伸手摸到门框的顶端，惊喜又兴奋。

那个肩头，曾托起一个孩子的世界。那顶深青色的呢子帽，经常被顽皮的小家伙一把摘下来，戴在自己头上，一下子就遮住了半张脸。

孩子叫闹着，到门外，到院子里，到巷子里。秋天最后一片叶子飘落，那宽厚有力的肩头就一直驮着她向前走，直到她像一只小鸟“扑棱棱”飞走。

女人要送礼物给心爱的男人，可以选帽子。

一个做帽子的老字号，不需要花哨繁复，只需要一针一线扎扎实实，这样才衬得起女人的真心。从此，她住在那个男人的脑海里，舍不得他受一点儿风吹雨打。

年少时，喜爱那些漂亮的脸，喜爱那些精心搭配的帽子。

他是《美国往事》里戴着羊毛鸭舌帽的街头少年，他是侦探小说里戴礼帽叼烟斗的福尔摩斯，他是西部片里面容沧桑肌肉坚硬的牛仔，他是故事里压低帽檐墨镜乌黑的杀手。

渐渐地，更喜爱那些把一顶帽子戴得舒服随意的男人，四季陪伴他的帽子就像平静安稳的生活，慢悠悠地，在熟悉的路上来来回回。

他就这样老了，背起双手，那顶帽子已成为他身体的一部分。

## 酒意

走到巷子口，向左转，经过一家面粉店，再经过一家五金店，就看到那个用三合板搭建的简易小卖铺，板墙上刷的蓝漆经过几个夏天的曝晒，快成了白色。

小卖铺的老板是个大龄男青年，跛着一只脚，不太爱说话。

我比他更内向，手里攥着几块钱，站在小卖铺的角落，一声不吭。买东西的人来来往往，有人买一瓶酱油，有人买两包烟，有人买半斤香肠，而我是帮爸爸买一瓶桂花陈酒。

我总是不敢说话，总是在等，等着买东西的人全走了，老板就会晃动着走到我面前，问，“你要

中华牌
注册 商标
桂花陳酒
KUEI HUA CHEN CHIEW
中华牌1959年首创
北京龙徽酿酒有限公司
Beijing Dragon Seal Wines Co., Ltd.

买什么？”

有时，买东西的人实在太多，多到我在角落里长久地静默，变成一团空气。家里炒的菜凉了，馒头也没了热气，大人还以为这孩子是不是走失了，忙不迭跑出来找。

我就站在那里，小卖铺的角落，几块钱攥得湿溻溻的，嘴唇仿佛被缝住一般，就是不敢说出半个字。

那瓶桂花陈酒，晶莹的黄，泛着凉，拎回家里，拧开铁瓶盖儿，一股清淡温柔的甜。往杯子里倒，那黄色在灯光下，像一小团漂游在白瓷酒杯里的丝绸。

我也尝一小口，酸的甜的香的味道在嘴里弥漫，然后夹几口炒鸡蛋，咯咯笑，忘了小卖铺里那个尴尬的自己。

酒最能让人放松，胆小的人开始勇敢，安静的人开始喧闹，而平时闹哄哄的人，喝了也许只会哭，或只会睡。

一群人一起喝酒，醉了也嘻嘻哈哈的，互相搀扶着，大声歌唱，要飞到月球上去。

难过的是那些独自喝酒的人。

失恋时，街边夜深风冷，啤酒灌进胃里，又变成眼泪流出来，陪着你的只有小摊上吊着的那只油腻腻的电灯，和摊主百无聊赖的脸。

失业时，喝完这顿二锅头，兜里的钱就半毛不剩了，身边川流不息的忙碌人群，谁也不肯多看你一眼，谁也不知道，这一夜你要睡在哪里，明天一睁眼又能走向哪里。

酒倒进杯子，浮出一缕若隐若现的香气，有时快乐，有时又那么痛苦。

无论如何，要喝下去，才能挺过来。生活就像小卖铺里那个老板，很久很久，不曾看你一眼，不曾问你一句，仿佛彻底遗忘了你。

我们要做的就是坚持自己的目标，努力迈出一步，说出一句，让这个世界发现我们的存在。

# 恋爱不如乒乓？

那年她刚毕业，二十出头。

她不似其他女孩那样白嫩柔弱。她肤色黝黑，嘴唇很厚，总是爽声大笑，眼睛变成缝。她说话快速干脆，别人要竖起耳朵才能跟上她的节奏。

她很有男孩子气，走路迈大步，带着一阵风，做事风风火火，哪怕是在最清闲的机关单位，她也能闲里找忙。

有时，她和办公室的男同事去大楼顶层的活动室打乒乓球。

那只红色双喜球拍握在她手里，狮虎一般凶悍，乒乓球卷着一股凌厉的风冲向对手，咆哮厮杀，常常让那些男人措手不及。他们越是不服，就越是被她扣杀一球又一球，最后只剩一脸苦笑。

她把所有男人都混成了哥们儿。

有人开她玩笑，“你太不像女生，太不温柔，哪个男生敢要你？”她满不在乎地一甩头，“谁要谈恋爱？还不如打乒乓球好玩！”

她是什么时候遇见了他呢？

说要介绍一个男生给她认识时，她还一脸不屑，好像那是世界上最无聊的事。她穿着T恤牛仔裤，大大咧咧，脸上连润肤霜都没搽，短发在阳光里不听话地翘着。

忽然他就出现了，在平淡无奇的时间里，在平淡无奇的光影里，在平淡无奇的说话里，他站在她面前，眉清目秀。

她的脸“腾”一下子红了，生平第一次。

那是她最口不择言的一次。在乒乓球台上大战二十回合，她的心跳得也没这样快；对手的球再刁钻，她都能接住并反击。而此刻，对方轻轻一句话，她都大脑空白。

这个野丫头，就那样陷入了爱情。

她像变了一个人。她开始拉着闺密去逛服装店；开始拿着一支眼线笔在眼上画了又擦、擦了又画；她仍然喜欢打乒乓球，球风仍然彪悍，但经常打了三五局，她就没了踪影。

如果爱情是一场乒乓游戏，她遇见了最好的对手，所有技巧用在彼此身

651
PIMPLED
DHS

上，都恰到好处，都其乐无穷。

春天漫长的树荫下，她抱着他，亲呀亲，像一只贴着水面的小鱼，吐出幸福气泡。

无论多么不可思议，爱情总会在每一个人身上发生；你的样子，总会被一个人喜欢。你挥起球拍，发出第一个球，“乒——”

后来，终于听到一声“乓——”

# 爱上你那一瞬

二十五岁谈的男朋友，后来成了她的丈夫。

她个性一直犹犹豫豫的。当时，谈这个男朋友，她并不是太满意。他个子有点矮，长相不好不坏，家境也一般，在电力部门的工作听起来很好，却是经常要去野外施工那一类。

二十五岁，对她来说有点儿尴尬，不算年轻，也不算熟龄，却是最有结婚冲动的时候。

决定嫁给他，是有一次晚上约会，他骑自行车载她，撞上一辆摩托车。他胳膊和腿都磕破了，她毫发无损。相撞的一瞬间，他条件反射地伸手护住她，她一个趔趄，却没摔倒。

双方车速都不快，伤得不严重。她要陪他去医院包扎，他说没事，坚持先送她回家。

从那以后，她再也不和女友唠叨“我还没想好……对他不是太有感

金鸡
膏体鞋油

觉……我们也许没那么合适……”她全心投入地和他恋爱，然后见了双方父母，谈婚论嫁，看新房置新装，订婚戒指在手上闪着光。

婚礼是在冬天，北方小县城，还保留着“闹婚”的习俗。新娘子不论打扮得多漂亮，从婚车一出来，就要被哄闹拉扯，坏小子们手里攥着鞋油，一把就给抹成大花脸。

结婚前夜，她忐忑不安，女人一生中最重要的时刻，她只想做个美丽新娘，而不是慌张小丑。送嫁的小姐妹撺掇她，“如果那些男人敢乱来，你就翻脸！”说得轻松，大喜日子，谁肯翻脸。

第二天，阳光灿烂，她穿上婚纱，粉脸红唇。婚车慢慢地开，开到了他家门口，门外挤满了凑热闹的人。刹车，小心开门，她头一探出来，几只手扬起来，“啪”一声，不是鞋油，只是五彩缤纷的彩炮。

后来他说，婚礼前和所有人交代了，不准抹鞋油，不准扯婚纱，要让她从头到尾都美美的。谁不听，跟谁翻脸。

她嫁给了他，过起日子，结婚生子。

后来，她参加过很多场婚礼，“闹婚”的习俗渐渐没了，新娘们化着精美的妆，穿着长长的拖尾婚纱，在宽敞明亮的酒店宴会厅，笑靥如花。

偶尔，去路边的擦鞋摊，还能看见熟悉的金鸡鞋油，涂一点在皮鞋上，快速擦拭，皮鞋焕然一新。她和擦鞋的老师傅聊天，“你记得吧，以前婚礼时还往脸上抹鞋油呢！”

老师傅叼着烟，笑了一下，继续埋首擦鞋。

# 怎么会迷上你

打火机在黑暗里，“咔嗒”一声，变出一撮火焰。

姑娘蹑手蹑脚拿着一支烟，叼在嘴里，双唇鲜红，轻轻吸一口，又赶紧吐出来，几缕烟雾在夜色里倏忽不见，只有她的笑声，悄悄飘着。

那是青春期第一次叛逆，学单手打着火机，学抽烟，学面无表情。打响指，吹口哨，走路的时候让马尾甩得像钟摆，牛仔夹克要歪歪扭扭地披在肩上。

夜晚那么长，天空里的星星旋转，男生的情话也旋转。

有时就那样待着，藏在夜色里，烟蒂在地上变得冰凉，打火机忽明又忽暗，像心里跳动不止的欲念，低声哼着歌，歌词也着了火。

口袋里装一个打火机，那很酷。

姑娘粉白的手，打着一只粗糙的铁质火机，细长的烟卷缓缓燃烧，她眼神迷离，表情藏在云雾里，甩一下手腕，火苗熄灭，一片寂静，人们都等着她说第一句话。

有时她什么也没说，就那样转身离去，携着一阵若隐若现的烟味和浓稠的香水味儿，把眼神收回墨镜里，只留下一个谜团。

每一场青春，都如此装模作样，都像一只躁动不安的手，打着火机，一次又一次。

在那场破破烂烂的音乐会上，礼堂沙哑的音响，男歌手乱糟糟纠结成团的长发，牛仔裤的破洞和他的喉咙一样破。他嘶吼了几首摇滚，然后坐到舞台边，喘几口气，开始唱《灰姑娘》。

“怎么会迷上你，我在问自己，我什么都能放弃，居然今天难离去。你并不美丽，但是你可爱至极……”

忽然就有了催情味道，忽然就让姑娘眼里闪光，忽然就让破旧的椅子和台阶都变得浪漫无比。他说，“大家打着火机，一起摇晃好吗？”

多么滥俗的伎俩，可每个人都掏出了打火机，好像每个男生都变成了情场浪子，好像每个女生都变成了纯真迷人的灰姑娘。

打火机在手中发烫，人们也舍不得熄灭。

一场青春仿佛就定格在那一夜，口袋里的打火机，摇晃的火苗，面目模糊的歌手煽情歌唱。他攥着她的手，吻着她的嘴，心跳从笨重的音响里传出来，“怦——怦——”犹如枪响。

我爱你，姑娘。

# 最性感的一种电

你曾是个小纯洁。

电池就是电池。放进玩具熊里，它就能咿呀唱歌；放进手电筒里，它就能发出光亮；放进石英钟里，它就能滴答走动，响起报时音乐；放进收音机里，它就又能播放小喇叭和相声。

你要做的不过是分出正负极。

谁知道，后来你变成了“老司机”，提起电池，总露出一脸诡异笑容——哦电池，哦电动……

姑娘的私房话里，“用电的男朋友”经常出镜，它就像她包里那支口红，已经不再是秘密。老牌美剧《欲望都市》里，爱情至上的夏洛特也忍不住对一个“电动男友”一见钟情，她说，“它不会说话，却又那么懂我。”

简直完美。

高性能电池
双鹿电池
执行标准:Q/ZB 3915
R14P 1.5V SIZE C

男人也对科技时代的“智能女友”觊觎已久。如果她细腰长腿36D，如果她绝色美貌永远妙龄，如果她只会蜜语柔情，没有一句唠叨抱怨——多么好，再昂贵都值得，再费电都不怕。

一块电池，究竟给人们带来多少便利？一格电量，究竟满足了人们多少需要？

电，是最性感的一种形容。

遇见意中人，仿佛晴空闪电，你头晕目眩，胸口着火，他的眼神都让你皮肤发麻；激情汹涌时，身体犹如高压通电，几乎能飞，呼吸似无形的线将两人越捆越紧，衣物甚至汗毛都被熔化。

男女之间，来电，便是情投意合，勾引起来才会电光石火；不来电，便是绝缘体，就算使尽浑身解数，也只得到一个冷冰冰的背影。

爱情的电，不受控制。它出现时，毫无征兆，却强烈凶猛；它消失时，猝不及防。像夏夜里的一场电闪雷鸣，你无比真实地感到了惊心动魄，片刻过后，整个世界却安静得好像一切都没发生过。

若不是那一片混乱糟糕的景象，你会怀疑，是否真的狂热如电爱过一场。

有些人就像那节电池，崭新时，充满炽热和活力，渐渐地，开始降温，直至冰冷。这时，固执挽留是最没意义的举动，一块过期电池，只会成为生活的累赘。

这世上，所有电池都有电量耗完那一天，你要么选择喜新厌旧，要么学会一技傍身，那就是——和最爱的人一起摩擦生电。

# 寄出一封思念

QQ流行时，网吧里挤满了网络聊天的人。

多么不可思议，地球上两个毫不相关的陌生人，忽然间就碰到一起，随机聊上几句，又像鱼一样扎进深水，寻找另一个“相遇”。

网络张开巨口，吞噬了人类的寂寞。而随手可及的陌生关系，也让人们变得轻佻，一言不合就开骂，一见异性就下三路，反正，大不了拉黑。

在那之前，你是少年，没有网络，没有手机，你寂寞时的样子看起来风轻云淡，一点儿也不狰狞。

杂志里总有“笔友”栏目，自我介绍加通信地址，也许还有照片。茫茫人海中，也许两个素昧平生的人就彼此产生了兴趣。于是，铺开信纸，握住钢笔，要写些什么给他？写了几句，又撕掉，紧张又兴奋。

终于写好的信，塞进一个雷锋信封里，粘好邮票，投入街口那个

天津
向雷锋同志学习

绿邮筒。心里惴惴不安，他会收到吗？他会回复吗？他会和我说些什么？漫长的等待和猜测开始了，每一天醒来，都满怀希望。

你等着那串铃声——邮递员自行车的铃声，等着自己的名字被大声喊出来。

拿到手里的，也是一个雷锋信封，捏一捏，里面大概有三页信纸。那个陌生人，他写了些什么呢？他有怎样的故事？他愿意继续和你做朋友吗？你拿起剪刀，小心翼翼剪开信封，心跳加速。

有些人就那样成了朋友。

你从书里摘抄美妙的字句，写进给他的信里；你挑出平淡生活里的小快乐，把它修饰润色，写进给他的信里；你那些不好意思和身边人说的秘密，那些需要被形容的忧伤，都写进给他的信里。

不知多年后，你是否还留着那些信？信封变黄了，字迹模糊了，当时一笔一画写下的话语，你还记得吗？

城市的路边，仍然有邮筒，却再也看不到有人往里面投信。它寂寞地张着口，空荡荡的，伫立在无数日夜里，无声地等待。也许有人会来，也许还会有人关掉电脑，放下手机，拿起那支不再熟悉的笔，认真写一封信。

如果还有人肯为你写一封信，如果还有人肯把对你的思念装进一个信封里，那他一定是真的爱你。

# 永远的少年

那少年背着吉他。

老房子的芦苇屋檐，藏着一窝麻雀，偶尔“倏”一声飞向天空。北风呼啸，冻得他手指通红，仰头哈一口气，雪白。

走，走，走。

手指再粗糙，抚在吉他的弦上，就变得温柔。音乐便响起来，沙哑的喉咙便唱起来，他的指纹缠绕其中，淌进寂寞空气。

走，走，走。

姑娘的大波浪披着月光，亲一口，是香粉的味道；再亲一口，红唇如蜜。她笑着笑着，就哭起来，泪珠儿滚进他心窝。

走，走，走。

柳树发了芽，桃花粉艳，风吹进胸膛，让他鼓胀，让他想狂叫。吉他彻夜不息，手指起了茧，眼神在黑夜里，看见了光。

走，走，走。

头发挡着他的脸，他一把撩向后脑，颧骨如山峰，烈日下积着厚厚的雪。心如铁铸，喷出岩浆，怒吼一声，眼前的苍茫昏黄变成宇宙星辰。

走，走，走。

牵着姑娘的小手，用世上最漂亮的字眼形容她，把春天开的第一朵花送给她，把骨肉热血全给她，把撕心裂肺的疼和销魂蚀骨的快乐，全给她。

走，走，走。

太阳照耀他，他就着了火，吉他挣扎一般鸣叫，冰啤酒淋在身上，唱那首歌，永远不停，唱到天崩地裂。停了，就会坠落，吉他和肉身，就折断。

走，走，走。

MEIHUA

春天像一块丝绸，遮着姑娘的脸，他怎么也揭不开。他狂奔，叫喊，拼命挥手，一把抓住的，是冰凉的空气。

他停下了脚步。

春天早已过去，过去很多次。吉他早已埋进泥土，深不见底。姑娘早已嫁给别人，面目模糊。他用手抹一把脸，露出皱纹。

他坐下来，试着再弹一曲。

老歌里，爱情还在燃烧，少年还在奔跑，青春像一茬绿油油的麦苗，即将生猛成长。

他的手，触摸过伤口，触摸过逝去的脸，触摸过黑暗或绝望，但是，依旧温暖着，拨动吉他的弦，嗓音像水一样，从脚底漫向天灵盖。

林夕写过一首《游乐场》，“最缤纷的花园游乐过，但求动心，就算是世界末日抚心自问，都想秒秒惊心。”

激情和热血从来与荷尔蒙无关，它是灵魂的分泌物，让你死亡之前的最后一口呼吸，都带着自由的味道。